Tucholsky   Wagner   Zola   Scott   Sydow   Schlegel
Turgenev   Wallace   Fonatne   Freud
Twain   Walther von der Vogelweide   Fouqué   Friedrich II. von Preußen
Weber   Freiligrath   Frey
Fechner   Fichte   Weiße Rose   von Fallersleben   Kant   Ernst   Richthofen   Frommel
Hölderlin
Engels   Fielding   Eichendorff   Tacitus   Dumas
Fehrs   Faber   Flaubert
Eliasberg   Ebner Eschenbach
Feuerbach   Maximilian I. von Habsburg   Fock   Eliot   Zweig
Ewald   Vergil
Goethe   London
Mendelssohn   Balzac   Shakespeare   Elisabeth von Österreich
Lichtenberg   Dostojewski   Ganghofer
Trackl   Stevenson   Rathenau   Doyle   Gjellerup
Mommsen   Thoma   Tolstoi   Lenz   Hambruch   Droste-Hülshoff
von Arnim   Hanrieder
Dach   Verne   Hägele   Hauff   Humboldt
Karrillon   Reuter   Rousseau   Hagen   Hauptmann   Gautier
Garschin   Defoe   Hebbel   Baudelaire
Damaschke   Descartes   Hegel   Kussmaul   Herder
Wolfram von Eschenbach   Dickens   Schopenhauer   Rilke   George
Bronner   Darwin   Melville   Grimm   Jerome   Bebel   Proust
Campe   Horváth   Aristoteles   Voltaire   Federer
Bismarck   Vigny   Barlach   Heine   Herodot
Gengenbach
Storm   Casanova   Tersteegen   Gilm   Grillparzer   Georgy
Chamberlain   Lessing   Langbein   Gryphius
Brentano   Lafontaine
Strachwitz   Claudius   Schiller   Kralik   Iffland   Sokrates
Bellamy   Schilling
Katharina II. von Rußland   Gerstäcker   Raabe   Gibbon   Tschechow
Löns   Hesse   Hoffmann   Gogol   Wilde   Gleim   Vulpius
Luther   Heym   Hofmannsthal   Klee   Hölty   Morgenstern   Goedicke
Roth   Heyse   Klopstock   Puschkin   Homer   Kleist
Luxemburg   La Roche   Horaz   Mörike   Musil
Machiavelli   Kierkegaard   Kraft   Kraus
Navarra   Aurel   Musset   Lamprecht   Kind   Kirchhoff   Hugo   Moltke
Nestroy   Marie de France   Laotse   Ipsen   Liebknecht
Nietzsche   Nansen   Lassalle   Gorki   Klett   Leibniz   Ringelnatz
von Ossietzky   Marx   May   vom Stein   Lawrence   Irving
Petalozzi   Platon   Pückler   Michelangelo   Knigge   Kafka
Sachs   Poe   Liebermann   Kock   Korolenko
de Sade   Praetorius   Mistral   Zetkin

La maison d'édition tredition, basée à Hambourg, a publié dans la série **TREDITION CLASSICS** des ouvrages anciens de plus de deux millénaires. Ils étaient pour la plupart épuisés ou uniquement disponible chez les bouquinistes.

La série est destinée à préserver la littérature et à promouvoir la culture. Elle contribue ainsi au fait que plusieurs milliers d'œuvres ne tombent plus dans l'oubli.

La figure symbolique de la série **TREDITION CLASSICS**, est Johannes Gutenberg (1400 - 1468), imprimeur et inventeur de caractères métalliques mobiles et de la presse d'impression.

Avec sa série **TREDITION CLASSICS**, tredition à comme but de mettre à disposition des milliers de classiques de la littérature mondiale dans différentes langues et de les diffuser dans le monde entier. Toutes les œuvres de cette série sont chacune disponibles en format de poche et en édition relié. Pour plus d'informations sur cette série unique de livres et sur l'éditeur tredition, visitez notre site: www.tredition.com

tredition a été créé en 2006 par Sandra Latusseck et Soenke Schulz. Basé à Hambourg, en Allemagne, tredition offre des solutions d'édition aux auteurs ainsi qu'aux maisons d'édition, en combinant à la fois édition et distribution du contenu du livre en imprimé et numérique et ce dans le monde entier. tredition est idéalement positionnée pour permettre aux auteurs et maisons d'édition de créer des livres dans leurs propres domaines et sujets sans prendre de risques de fabrication conventionnelles.

Pour plus d'informations nous vous invitons à visiter notre site: www.tredition.com

La mer et les marins Scènes maritimes

Edouard Corbière

Mentions légales

Cette œuvre fait partie de la série TREDITION CLASSICS.

Auteur: Édouard Corbière
Conception de couverture: toepferschumann, Berlin (Allemagne)

Editeur: tredition GmbH, Hambourg (Allemagne)
ISBN: 978-3-8491-3953-7

www.tredition.com
www.tredition.de

Toutes les œuvres sont du domaine public en fonction du meilleur de nos connaissances et sont donc plus soumis au droit d'auteur.

L'objectif de TREDITIONS CLASSICS est de mettre à nouveau à disposition des milliers d'œuvres de classiques français, allemands et d'autres langues disponible dans un format livre. Les œuvres ont été scannés et digitalisés. Malgré tous les soins apportés, des erreurs ne peuvent pas être complètement exclues. Nos partenaires et nous même, tredition, essayons d'aboutir aux meilleurs résultats. Toutefois, si des fautes subsistent, nous vous prions de nous en excuser. L'orthographe de l'œuvre originale a été reprise sans modification. Il se peut que ce dernier diffère de l'orthographe utilisée aujourd'hui.

LA MER ET LES MARINS

Scènes Maritimes

PAR ÉDOUARD CORBIÈRE,

Auteur des Pilotes de l'Iroise et du Négrier.

IMPRIMERIE DE PLASSAN ET COMPAGNIE

RUE DE VAUGIRARD, N. 15

PARIS.

JULES BRÉAUTÉ, LIBRAIRE-ÉDITEUR,

RUE DE CHOISEUL, 8 BIS,

ET MÊME MAISON, PASSAGE CHOISEUL, 60

1833.

TABLE DES MATIÈRES

PREMIÈRE PARTIE.--TABLEAUX NAUTIQUES

I.—Le Coup de Mer.

II.—Navire fuyant vent arrière.

III.—La Chasse.

IV.—Le Grain blanc.

V.—L'Abordage.

VI.—Les Brisants.

VII.—Incendie en Mer.

DEUXIÈME PARTIE.--COMBATS EN MER

I.—Combat du côtre *le Printemps* et de douze Péniches anglaises.

II.—Combat de nuit entre une Frégate et un Vaisseau

III.—Chaloupe-Cannonière coulée par un Brick anglais.

TROISIÈME PARTIE.--AVENTURES DE MER

I.—Le Capitaine de Négrier.

II.—Les Pirates de la Havane et le Brick de guerre.

III.—La Licorne de Mer.

IV.—Naufrage sur la côte de Plouguerneau.

QUATRIÈME PARTIE.--MOEURS DES GENS DE MER

I.—La Prière des Forbans.

II.—Le Voeu des Matelots.

III.—L'Aspirant de Marine.

IV.—Les Pilotes.

V.—Les Filets d'Abordage.

VI.—Le Maître d'Équipage.

VII.—Les Corsaires travestis.

VIII.—Le Cuisinier et le Maître-Coq.

IX.—Suprême félicite du Matelot.

X.—Maître Lahoraine, ou qui de quatre ôte trois reste deux.

XI.—Le Chien de l'Artillerie de Marine.

CINQUIÈME PARTIE.--CAUSERIES, CONTES, AVENTURES ET TRADITIONS DE BORD

I.—Causeries de Marins.

II.—Les deux Aspirants.

III.—Dialogue entre le Contre-Maître d'équipage Lestume et le novice Lhommic.

IV.— Première Causerie du gaillard d'avant. —Deuxième Causerie du gaillard d'avant.

V.—La Casaque du Bon Dieu.

VI.—Le Nègre blanc.

VII. — Avale ça, Las-Cazas.

VIII. — Le petit Coup de Mer.

IX. — Le Goguelin.

X. — Le Noyé-Vivant.

XI. — Promenade sur la Dunette.

XII. — Le Phénomène vivant.

SIXIÈME PARTIE.--MOEURS DES NÈGRES

I. — Le Bamboula.

II. — Dame Périne.

SEPTIÈME PARTIE.--ORNITHOLOGIE MARITIME

I. — Le Plongeon.

De tous les actes produits par la raison humaine, la navigation est, sans contredit, le plus difficile, et celui qui a exigé le plus d'audace. La nature a mis chaque être au milieu de ses rapports nécessaires; elle lui a affecté une place qu'il ne peut changer, elle lui a donné des organes propres aux éléments qu'il habite, et dont la disposition sert à l'exercice de certaines inclinations innées; aussi, ne voit-on jamais les animaux contrarier ses vues. Chez eux, l'individu respecte toute sa vie les lois qui gouvernent l'espèce entière. L'homme seul, qui fonde toute sa prééminence sur une faculté pour ainsi dire artificielle, l'homme, qui a tout tiré de son industrie pour assurer son empire sur la terre, a eu besoin d'une industrie plus puissante encore quand il a voulu établir sa domination sur un élément auquel la nature ne l'avait point destiné. Sur la terre, en effet, son industrie a pu le mettre aux prises avec quelques dangers; mais, sur la mer, il a eu à lutter contre tous. La terre était son domaine, et il n'a eu, pour l'assujettir, qu'à obéir à une inclination naturelle; ici, au contraire, il a fallu que cette inclination cédât à une volonté qui la contrariait.

Sans doute, le caractère de la raison est non-seulement de tirer parti de tout, mais encore d'abuser de tout. L'art de la navigation mérite les mêmes blâmes que tous les autres. En étendant l'empire de l'homme sur un élément qui ne lui avait pas été donné, il a fait servir cet élément de théâtre à nos fureurs, et il n'est pas aujourd'hui un rivage si ignoré qu'il fut jadis, qui n'ait été souillé du sang des hommes. Ainsi, si ce n'est pas, rigoureusement parlant, le plus utile des arts, c'est toujours le plus sublime de tous.

Mais ce n'est ni par ses brillants accessoires, ni par ses résultats plus brillants encore, et qui ont été cent fois examinés, que la navigation présente à nos regards un spectacle si différent des autres sciences, c'est par les sensations mêmes dont elle remplit l'âme de celui qui lui a consacré sa vie. Quelles sensations que celles de l'homme qui, jeune encore, quitte pour la première fois cette famille dans laquelle jusqu'ici se sont concentrées toutes ses affections; ces amis, qui ont été les confidents de toutes ses pensées; les objets insensibles eux-mêmes, qui, n'ayant pas vieilli comme nous, retracent, par leur aspect, des souvenirs toujours vivants. Une autre existence, d'autres liens à contracter, d'autres hommes à fréquenter, d'autres lieux à visiter, mais rien à aimer sans cesse, rien qu'on puisse revoir tous les jours! Quel changement dans l'esprit! quel vide même dans l'âme!

Et quelle existence monotone! toujours la mer, calme ou irritée sans doute, mais du moins toujours devant nous, comme si le navire était immobile. Changer à chaque instant d'horizon sans s'en apercevoir, continuer sa route sans autres points de remarque que ceux que donne le calcul; avancer ou rester sans que l'impatience puisse se prendre à rien autre chose qu'à des vents qui ne dépendent pas de nous, qu'à une planche légère que les vagues soulèvent, malgré tous nos efforts; redouter toutes les horreurs du besoin, considérer d'un oeil morne le navire qui fuit à la lame dans les tempêtes, comme si, en l'abandonnant aux flots, il n'y avait plus d'espoir que dans le hasard, quelles situations diverses, et comment celui qui a vécu un seul jour de cette vie, la regrette-t-il toujours!

Ce sont précisément ces situations qui modifient l'âme de telle manière qu'elle n'y peut plus renoncer. Qui de nous n'a pas éprouvé, qu'à l'aspect d'un horizon sans bornes, l'âme s'étendait en quelque sorte avec l'espace? Nous n'avons pas encore appliqué l'analyse aux sensations que nous communique la nature muette; mais le coeur, qui n'attend pas pour être ému l'assentiment de la raison, nous a fait tressaillir cent fois en contemplant l'étendue immense qui se développe devant nous pour la première fois. Actuellement encore, le souvenir de ces heures trop rapides où nous restions plongés dans une extase muette à la vue de l'Océan, nous fait éprouver une sensation délicieuse; le plaisir de la grandeur, physiquement parlant, est un des premiers auxquels nous soyons sensibles, et c'est un de ceux que l'habitude, qui émousse tous les autres, nous rend le plus nécessaires. Quel est l'homme, jeté au milieu des mers, qui, ne voyant que soi dans la nature, ne conçoive une espèce de sentiment de fierté, qui lui persuade, en quelque sorte, que tout est fait pour lui? Dans les pays habités, les monuments de l'homme nous avertissent à chaque instant d'une puissance égale ou supérieure à la nôtre; dans un désert, au contraire, la grandeur factice de l'homme disparaît, celle de la nature se montre, et rien ne donne à l'homme une plus haute idée de lui-même que celui d'un espace dont il n'y a que lui pour spectateur. Je ne crois pas qu'il faille chercher dans les institutions changeantes, la cause de la fierté naturelle des Arabes ou des Scythes: elle est tout entière dans le désert qu'ils habitent; ce désert, qu'un homme fameux appelait un océan de pied ferme, et dont les tribus nomades se disent aussi les rois.

Ce sont là les deux sensations dominantes du navigateur; son âme s'assimile avec cette nature imposante qui l'environne, et elle croit à sa grandeur, comme elle croit à celle des éléments; accoutumée à lutter contre les flots, elle apprend à se raidir contre les obstacles, et elle croit à sa volonté comme à une puissance.

Notre âme a besoin de mouvement, elle a besoin, pour jouir, d'éprouver des émotions qui lui fassent craindre pour ses jouissances, et quels mouvements plus impétueux que ceux que produit cette vie errante! quelles craintes plus vives que celles que donnent ces dangers toujours renaissants! Le marin est franc, parce qu'il vit, pour ainsi dire, hors des conventions sociales; il est insouciant sur l'avenir, parce qu'une vie semée de mille périls lui apprend à ne s'appuyer que sur le présent; il est prodigue, parce que la conviction qu'il a acquise de la fragilité de la vie, l'invite à en jouir à tout prix; exempt des préjugés de sa nature, on dirait que c'est un véritable cosmopolite, parce que celui qui a beaucoup vu n'est jamais exclusif, et que ce qu'il oublie le plus promptement dans les solitudes immenses qui se déploient devant lui, ce sont les petites passions et les froids intérêts des hommes; il est brusque, parce que son rude métier l'exige en quelque sorte, mais il est souvent humain, parce que la brusquerie ne s'allie jamais avec l'hypocrisie.

Enfin, et ce qui paraît un problème insoluble, il court tous les dangers; cent fois il jure, qu'échappé du naufrage, il n'ira plus s'exposer à de nouveaux périls: il n'attend plus que l'instant de recommencer une carrière qu'il a maudite si souvent. C'est encore l'étude du coeur humain qui explique cette apparente contradiction; l'homme, comme on l'a remarqué avec raison, tient plus à la vie par le sentiment de ses peines que par celui des plaisirs. Le plaisir rassasie et dégoûte aussitôt; la peine nous force à courber le front, mais elle laisse au fond des coeurs l'espérance de moments plus heureux, et c'est toujours cette espérance-là qui nous porte en avant dans la vie. L'homme, engourdi dans le plaisir, se réveille pour ainsi dire dans le malheur; les plus vives jouissances morales sont toujours celles qui ont été achetées par quelques peines. Sa joie enfin effleure agréablement; mais le malheur nous blesse, et c'est des blessures du coeur qu'il sort un baume qui les guérit.

On peut ajouter à cela que le besoin de se risquer est comme un noble instinct qui se réfugie au fond de l'âme pour triompher de ses penchants bas et égoïstes, qui, en rattachant l'homme à la terre, le rapetissent toujours.

Après tant de motifs d'aimer sa vie errante, comment s'étonnerait-on que les dangers qui l'accompagnent soient capables d'en dégoûter le marin? Rien ne peut déprendre l'âme d'un mouvement qui fait sa vie. Le repos qu'on substitue aux passions violentes n'est point un repos véritable; c'est presque toujours un ennui profond. Aussi, le marin qui a quitté sa profession n'existe-t-il plus que par le regret; dans sa vieillesse, tourmenté du besoin de s'agiter encore, on dirait qu'il ne s'attache plus à l'existence que par les souvenirs; le murmure étourdissant des vagues plaît à son oreille; combien de fois, durant de longs jours, il contemple, assis sur un rocher, la voile qui s'efface à l'horizon, ou la mouette rapide qui rase de son blanc plumage l'écume éblouissante des vagues! Son imagination s'élance avec le dernier rayon du soleil couchant, et aborde avec lui sur les côtes de l'autre hémisphère; la vue de la tempête elle-même ne peut l'arracher au spectacle des flots. Les dangers qu'il a courus sont affaiblis par le souvenir; l'émotion puissante qu'il éprouvait après les avoir affrontés est encore toute vive dans son âme; et ces regrets si vifs, cette mélancolie rêveuse attestent toujours qu'après avoir vécu d'une vie de son choix, il ne fait plus désormais que traîner des jours inutiles sur un élément qui n'est pas le sien.

Ce tableau fidèle des *sensations* dans la vie maritime, tracé par un des compatriotes de M. Corbière (Ed. Richer), trouvait ici naturellement sa place, et devait servir d'introduction à cet ouvrage. Il resterait à traiter une double question déjà longuement débattue, et qu'une nouvelle polémique ne ferait peut-être qu'embrouiller, c'est celle-ci:

Existe-t-il une littérature maritime?

Quel est chez nous le créateur de cette littérature?

Il est incontestable que le premier qui écrivit la relation d'un naufrage, d'une tempête, d'un accident de mer, fit de la littérature maritime, si littérature maritime il y a, et le premier qui fit cela est déjà bien loin de nous. Ainsi créa la *littérature militaire*, le premier qui décrivit une bataille, une retraite, un campement, un assaut. Or, voyez combien nous aurons de sortes de littérature, si nous accolons ce nom à chacun des différents sujets sur lesquels peut s'exercer la plume et l'esprit d'un littérateur? Nous croyons, nous, que la littérature est une, et qu'elle enchaîne dans son cadre immense toutes les créations de la pensée humaine.

Quant aux *scènes* proprement dites de la *vie maritime*, nous avons la conviction, et ce livre est la preuve, que M. Ed. Corbière est le premier, en France, qui leur ait donné véritablement la forme dramatique, et nous allons citer un fait: En 1829, il fut créé au Havre un journal spécialement consacré aux grandes catastrophes dont la mer est le théâtre. M. Corbière s'y essaya dans ce genre difficile: littérateur, observateur et marin, il avait à offrir aux fondateurs de ce recueil un triple gage de succès, et ce succès fut complet. *Le Navigateur* lui doit ses cinq années d'existence. Il se trouva des imitateurs qui revendiquèrent hautement la priorité, on les laissa dire; il eût été trop facile de leur prouver qu'ils n'avaient point *ouvert la carrière*. Mais l'occasion se présente trop belle de les convaincre d'assertions erronées, pour que nous la laissions échapper. Or, ce livre, qui a pour titre *la Mer et les Marins*, contient en partie les premiers essais de M. Corbière; c'est un fait que la justice d'abord et la reconnaissance nous fait un devoir de proclamer.

J. MORLENT,
Directeur du *Navigateur*.

PREMIÈRE PARTIE.

Tableaux Nautiques.

I.

Le coup de Mer

Lorsque le vent s'est élevé avec trop de violence et que la mer a grossi de manière à empêcher le navire de continuer sa route au milieu des lames dont le choc pourrait l'endommager, on met *à la cape*, sous une voile que l'on présente obliquement au vent. Dans cette position, le bâtiment, conservant très-peu de vitesse, dérive en cédant plutôt à l'impression de chaque vague, qu'en y résistant. Son avant, s'offrant à chaque coup de tangage à la lame qui déferle, reçoit quelquefois des chocs très-forts; mais le navire culant alors dans le sens de la force de la lame, évite au moins le danger qu'il y aurait à la rencontrer avec une vitesse opposée à sa direction. Une fois à la cape, l'équipage n'a plus rien à faire, et pendant tout le temps que dure la tempête, il faut attendre, dans cette position passive, que le mauvais temps s'apaise et permette de manoeuvrer. C'est pendant ces longues heures de coup de vent et de dangers, que l'on peut remarquer plus particulièrement cette heureuse indifférence que l'habitude du péril donne aux matelots. Assis à l'abri des pavois ou de la chaloupe, pendant qu'une mer furieuse mugit autour d'eux et menace quelquefois d'engloutir le navire, on les voit se réunir et s'approcher le plus possible les uns des autres, pour raconter de ces contes dont la tradition perpétue le souvenir parmi les marins. Souvent ils chantent ensemble, d'une voix rauque, ces complaintes monotones comme le bruit des vagues qui les environnent, et mélancoliques comme la plupart des airs qu'aiment les gens de mer. C'est en vain que le vent gronde sur leurs têtes et siffle dans les cordages, que des torrents de pluie les inondent, et que la mort menace de les enlever: ils chantent comme l'ouvrier le plus paisible, au fond d'une boutique ou d'un atelier. Mais souvent leurs narrations ou leurs chants sont interrompus de la manière la plus terrible. Quand le navire, fatigué par la lutte qu'il livre à la tempête, craque dans toutes les parties; que la mâture, dans les mouvements effroyables du roulis, plie et menace de tout écraser par sa chute, une lame vient quelquefois tomber sur le pont avec un fracas effroyable; tout ce qu'elle rencontre est brisé, entraîné; et le navire, caché un instant sous cette montagne d'eau, ne se dégage de la lame qui l'a affaissé, qu'après avoir perdu tout ce qu'il avait sur le pont avec les hommes de quart que la vague furieuse a enlevés. Rien, peut-être, n'est plus terrible, quand un événement de cette sorte a lieu, que le sentiment qu'éprouvent, en montant sur le pont, les hommes qui étaient couchés. Tout a disparu; ils cherchent avec effroi leurs camarades: on appelle les gens de quart pour connaître ceux qui ont été assez heureux pour n'avoir pas été emportés. Dans les débris que le coup de mer a laissés, on examine si quelque infortuné n'a pas été écrasé au milieu de ce désordre affreux. On sonde autant que possible les pompes, pour savoir si le choc terrible dans lequel le navire a paru devoir sombrer, n'a pas déterminé une voie d'eau. Et encore si, dans la violence de la bourrasque, la voile sur laquelle on avait mis en cape a été mise en pièces par l'impétuosité du vent; il faut, dans l'impossibilité où l'on est de déferler une autre voile, attendre, écrasé par la mer qui tourmente le navire qui n'est plus appuyé, que la tempête se soit calmée, et que le temps permette de reprendre la route et de réparer autant que l'on peut les avaries qu'a causées le coup de mer.

II.

Navire fuyant vent arrière.

Une tempête continuelle, une mer effrayante ont tellement fatigué et désemparé le navire, qu'il finirait peut-être par s'ouvrir s'il s'efforçait de rester encore long-temps *à la cape*: une seule ressource peut être tentée pour sortir de cette position, dans laquelle les pompes suffisent à peine à vider l'eau qui entre dans la cale par les coutures du bâtiment harassé: on se détermine à arriver vent arrière et *à fuir avec le temps*.

Mais, en se hasardant à tenter cette manoeuvre, il est un danger que nul homme de mer ne saurait se dissimuler, et qu'il faut une grande résolution pour affronter: c'est celui de recevoir par le travers une lame qui peut faire sombrer le bâtiment: la certitude du péril présent l'emporte pourtant presque toujours sur la crainte du péril douteux. Chaque homme se porte donc à son poste, et va attendre avec zèle et attention la voix du capitaine, ou le signal qu'il donnera, si son commandement ne peut se faire entendre dans le mugissement de la tourmente et le bruit des vagues. La barre du gouvernail, qui, pendant *la cape*, avait été amarrée sous le vent, est confiée aux hommes les plus sûrs de l'équipage. Le moment où les lames paraissent devoir déferler avec moins de furie, est prévu, choisi;

chacun s'apprête. Le signal est donné; la barre alors est mise précipitamment au vent; un foc est hissé; le vent frappe la voile qu'on lui présente, l'agite, la tord avec fureur; et le bruit de cette toile, violemment froissée sur elle-même, se fait entendre par intervalles comme la déformation d'un coup de canon; et ses claquements dominent un instant les sifflements horribles de la bourrasque qui souffle dans la mâture et les cordages. Le foc ainsi tourmenté ne résiste pas; il se déchire en mille pièces; mais le navire arrive, et une lame énorme qui l'approche en s'élevant jusqu'à la hauteur de ses hunes, le jette à une distance considérable du point où il a commencé son évolution. Le vent bientôt le pousse avec violence sur chacune des lames qui le prend par l'arrière, et qui, à chaque impulsion, menace de l'engloutir. Souvent, élancé sur le sommet de ces montagnes mobiles qui semblent vouloir s'écrouler sur lui, on croirait qu'en *s'apiquant* il va disparaître verticalement dans la lame qui le précède et dans laquelle se plonge son beaupré. Mais cette lame, qui l'a élevé si précipitamment, déferle le long des bords et le laisse ensuite comme à moitié submergé, dans le creux qu'elle fait en allant étendre à une demi-lieue devant lui son écume et sa masse imposante. C'est dans une position aussi critique que l'on sent combien les bons timonniers sont nécessaires; car c'est presque de leur manière de gouverner que dépend le salut commun. Un faux coup de barre causé par la maladresse, la peur ou une distraction de ceux qui gouvernent, peut faire venir le navire en travers et le faire sombrer, ou du moins l'exposer à être défoncé par la mer. Placé sur une partie élevée ou cramponné dans les haubans, l'officier de quart, l'oeil fixé sur l'arrière, prévoit le mouvement de chaque vague, devine sa direction, et commande aux timonniers le coup de barre qu'ils doivent donner pour que le derrière soit toujours présenté au coup de mer. Mais toute l'attention possible, toute l'habitude et le sang-froid qu'on peut supposer aux timonniers et aux meilleurs officiers, ne suffisent pas toujours pour préserver un navire qui fuit *à mâts* et *à cordes*, des accidents que l'on court sous cette dangereuse allure. Lorsque la lame, par exemple, surprenant par un mouvement irrégulier le navire dont la vitesse s'est ralentie, le frappe dans son arrière, souvent elle enlève dans ce choc irrésistible, toute la partie qui lui a opposé une résistance trop grande. Alors, le navire doit succomber inévitablement, car, ne pouvant plus fuir avec assez de promptitude après cette avarie, le coup de mer qui succède au premier qu'il a reçu, achève de le remplir, et doit suffire presque toujours pour le faire *sancir*. Les exemples funestes de quelques bâtiments qui n'ont échappé que par miracle à de semblables accidents de mer, prouvent assez combien il en est qui ont dû périr par ces accidents mêmes. Un fait qui a laissé dans ma mémoire des détails dont les circonstances où je me suis trouvé ensuite ont ravivé le souvenir, pourrait démontrer quels sont les périls que les plus grands navires mêmes courent en fuyant vent arrière au milieu d'une tempête. Un capitaine anglais ramenait en Europe, sur un trois mâts de 6 à 700 tonneaux, l'équipage du brick le Nisus et d'autres prisonniers capturés sur les attérages de la Martinique, en 1809. Rendu près des Açores, ce navire, tout neuf encore, fut assailli par une tempête qui rendit la mer furieuse. Les vents soufflaient dans une direction favorable, et le capitaine anglais s'obstina à ne pas vouloir mettre en cape, malgré les instances du capitaine et des officiers français, qui lui représentaient le danger qu'il courait en continuant à fuir vent arrière. Toutes les sollicitations furent inutiles, et quelques verres de grog achevèrent de confirmer le marin anglais dans son imprudente résolution. La nuit, lorsque la moitié de l'équipage anglais était seul resté sur le pont où le retenait le devoir, un coup de mer tomba à bord, et le fracas avec lequel il déferla, fit croire à ceux qui étaient en bas que le bâtiment avait touché et qu'il coulait. Tous se précipitèrent sur le pont: la mâture seule tenait encore; mais quatorze canons avec leurs affûts, les embarcations, les ancres, le capitaine et les quarante hommes de quart avaient disparu. Au milieu de ce désordre épouvantable, on essaya de mettre à la cape; la barre du gouvernail livrée à elle-même, et privée des quatre timonniers qui, quelques minutes auparavant, en avaient tenu la roue, donnait des coups affreux d'un bord à l'autre du navire. Les premiers matelots qui voulurent s'en rendre maîtres furent écrasés; mais enfin on parvint à la fixer sous le vent, et à rester en cape, sous un foc d'artimon. Les Français prisonniers, qui, par suite de l'accident, se trouvaient en bien plus grand nombre que les Anglais, s'emparèrent du bâtiment transport, et quand le temps le permit, ils firent route pour les côtes de France, où ils croyaient bien pouvoir atterrir et recevoir du sort une compensation aux dangers auxquels ils venaient d'échapper. Mais le hasard ne favorisa pas leur tentative: une frégate anglaise qui croisait devant Brest, chassa le navire désemparé et l'atteignit à la hauteur d'Ouessant. Lorsque le capitaine de cette frégate apprit que c'était en fuyant vent en arrière dans un trop mauvais temps, que le capitaine de sa nation avait disparu, il se contenta de dire froidement: *Never mind so much the worth*! C'est égal, *tant pis pour lui!*

III.

La Chasse.

Le jour va poindre: ses premiers rayons déjà projetés vers le zénith ont averti l'officier de quart que le moment de faire faire la visite du gréement, par les *gabiers*, est arrivé. Le maître d'équipage a soin d'ordonner aux hommes qui montent dans la mâture, de porter attentivement leurs regards sur tous les points de l'horizon. A peine le premier gabier est-il parvenu sur les barres de perroquet, qu'il s'écrie, *Navire*! Ce mot a fait tressaillir de joie tout l'équipage. *Dans quelle partie le vois-tu*? demande l'officier au gabier: *Par le bossoir de dessous le vent, là, à une lieue à peu près de distance.»* Un coup de sifflet de silence se fait alors entendre: un pilotin va prévenir le commandant; la moitié de l'équipage qui n'était pas de quart, est aussitôt réveillée, et monte sur le pont en fixant les yeux sur le bâtiment découvert. L'officier ordonne de larguer toutes les voiles qui, pendant la nuit, avaient été serrées. Dans un instant la frégate est couverte de toile; et tous les gabiers des hunes et les matelots, rangés sur les manoeuvres, attendent avec leur vigilance ordinaire, excitée encore par l'espoir de quelque événement, le commandement que l'officier de quart fait entendre dans le sonore porte-voix. Le cap a été mis sur le navire à vue, qui, s'apercevant de son côté qu'un grand bâtiment se dirige sur lui, en faisant blanchir la mer sur son avant, a mis dehors toutes ses voiles pour fuir selon l'allure la plus favorable à sa marche. Pendant la première heure de chasse, le jour s'est fait: des aspirants, avec une longue vue en bandoulière, se sont perchés sur la partie la plus élevée de la mâture, et de temps en temps ils en descendent pour informer le commandant de la manoeuvre du bâtiment chassé. Les yeux tantôt fixés sur la boussole, au moyen de laquelle on relève les positions respectives des deux navires, et tantôt placés sur le tube de sa longue-vue, le commandant s'aperçoit qu'il ne tardera pas à être à portée de canon du navire chassé, qui, malgré la force de la brise, continue à tenir hautes toutes les voiles qu'il a pu livrer au vent. Le branle-bas de combat est ordonné à bord de la frégate: chacun se rend à son poste. On allume les mèches, le tambour résonne; le sifflet perçant du maître d'équipage se mêle au bruit du tambour et du porte-voix de l'officier de manoeuvre. Les chirurgiens ont disposé le triste appareil de leurs instruments, et les cadres pour recevoir les blessés sont déjà tendus dans le faux-pont. Le bâtiment chassé, qui voit les préparatifs que fait la frégate, emploie enfin les derniers moyens qui lui restent pour échapper à cette redoutable poursuite. Il jette à l'eau ses embarcations, sa drôme, une partie de ses canons, et tous les fardeaux qu'il peut tirer le plus promptement de sa cargaison. A chacun des objets qui viennent passer en flottant le long de la frégate, l'équipage de celle-ci jette un cri de joie. *Il est à nous*, s'écrie-t-on: *C'est un vaisseau de Compagnie! à l'abordage! à l'abordage!* Deux canons placés sur l'avant vont partir: ils tonnent. Le pavillon est hissé en même temps, et les boulets dépassent le bâtiment ennemi. Les houras partent alors de tous les points du navire. Déjà les canonniers de la batterie de dessous le vent, l'oeil sur la culasse de leurs pièces, suivent, en pointant, le mouvement de la lame et du bâtiment qu'ils visent. *Attention au commandement*! fait entendre le capitaine dans le vaste porte-voix qui communique à la batterie: *Feu babord*! A ce mot la volée entière part avec fracas, et la mitraille crible de toutes parts les voiles, la mâture et le corps du vaisseau ennemi. *A l'abordage! à l'abordage!* répète l'équipage: les sabres se distribuent aussitôt; les haches, les pistolets et les piques passent dans les mains des premières escouades, palpitantes d'impatience. Les grappins avec leurs chaînes se balancent au bout des vergues, et menacent de tomber dans le gréement de l'ennemi. Mais celui-ci, voyant la frégate à bout portant, et son équipage groupé sur l'avant pour sauter à son bord, envoie une bordée à mitraille qui crible le pont de son adversaire, et abat des files entières de matelots. Après ce succès inutile, contraint de se rendre à une force contre laquelle il lutterait en vain, il amène son pavillon, et évite ainsi le carnage que lui ferait redouter le terrible abordage d'une frégate française.

IV.

Le Grain blanc.

C'est aux approches de l'équateur que les grains blancs assaillent le plus ordinairement les navires, dans les moments où l'on est quelquefois le moins disposé à recevoir ces rafales perfides qui peuvent devenir funestes aux bâtiments d'une petite capacité.

Lorsque, favorisé par ce souffle léger que les marins, aux environs de la ligne, semblent vouloir recueillir avec avidité presque dans leurs plus petites voiles, le navire a tout mis dehors, le calme plat vient parfois succéder à la brise inconstante qui va mourir au loin en effleurant à peine une mer sans mouvement. Rarement, dans ces instants d'oisiveté, la surveillance se trouve sollicitée par la prévoyance de quelque danger ou de quelque événement extraordinaire. Les voiles battent sur les mâts à chacun des coups de roulis que le navire éprouve encore, et ce bruit monotone et périodique, joint au craquement de la mâture qui s'incline avec le bâtiment sur chacun des bords, inspire, à tous les hommes de l'équipage, une fatigue, une langueur qui achèvent de les livrer au sommeil, dans des parages où la chaleur est déjà si accablante. Si, pendant ces heures de calme et d'ennui, un petit nuage vient à se détacher de l'horizon, et à parcourir avec vitesse l'azur d'un ciel inanimé, et que pour comble de malheur personne ne l'ait aperçu à bord, bientôt la bonté du navire et de la mâture sera mise à une rude épreuve; car ce nuage qui accourt, et que personne ne voit, est *un grain blanc*! Rien n'annonce son approche. La mer continue à être unie. Le soleil sous lequel le nuage a passé comme un lambeau de la gaze la plus transparente, darde ses rayons avec la même ardeur que si rien n'avait intercepté sa vive clarté. Ce n'est que lorsqu'un sifflement aigu se fait entendre dans les cordages et dans la mâture, qu'on s'aperçoit que le grain blanc est tombé à bord. Tout le monde saute à la manoeuvre; l'officier s'élance sur la barre du gouvernail pour aider le timonnier à la pousser au vent. Il crie d'amener les voiles; mais déjà la force subite du vent a tellement incliné le bâtiment que l'eau est presque rendue aux panneaux, et que la pente de la mâture empêche les voiles d'amener. Les mâts, surchargés du poids terrible de la rafale, plient comme s'ils allaient se briser. Dans un moment aussi alarmant, l'officier, pour le salut du navire, se décide à faire larguer les écoutes qui retiennent le point des voiles aux bouts de chacune des vergues: les écoutes sont larguées; le vent alors, s'emparant des voiles qui ne sont plus tendues, les déchire en lambeaux et les enlève au loin avec un fracas effroyable. Le navire cependant, soulagé par la perte de presque toute sa voilure, arrive en suivant l'impulsion que lui donne sa barre portée depuis long-temps au vent. Il se redresse progressivement. Le grain qui l'avait assailli a paru à peine effleurer la surface tranquille de la mer; le calme qu'il a interrompu pendant quelques minutes seulement, renaît; on n'entend même plus à bord le sifflement de la rafale qui a passé comme un coup de foudre, et qui s'éloigne pour mourir dans l'espace. Mais la mâture a été ébranlée, brisée dans quelques parties; les voiles n'ont laissé que des lambeaux sur les vergues que l'effort du vent a ployées et dépouillées de leurs agrès. Il faut réparer les avaries, visiter le gréement et la mâture pour connaître toute l'étendue des dommages occasionés par le grain. C'est ainsi, comme on le voit, qu'au milieu du calme le plus parfait, les marins ont encore à redouter les accidents qui menacent à chaque instant leur vie aventureuse.

V.

L'Abordage.

Le vent s'est élevé avec violence aux approches de la nuit; des nuages épais cachent le ciel, et ont dérobé aux yeux des marins les derniers rayons d'un soleil qui a disparu pâle sur un horizon morcelé, pour ainsi dire, par l'agitation des vagues lointaines qui s'élevaient comme des montagnes. Le navire reçoit cependant encore la brise par le travers, et continue sa route à petites voiles, malgré la mer qui embarque à bord, et occasione des coups de roulis dont la mâture est ébranlée. L'obscurité augmente tellement à chaque minute, que bientôt les matelots, pour saisir les cargues du petit hunier, sont obligés de chercher à tâtons les manoeuvres sur lesquelles leur a dit de se ranger le capitaine, dont la voix est emportée par le sifflement du vent et le mugissement des vagues. Les hommes placés aux deux bossoirs essaient en vain de distinguer, dans les ténèbres, les navires qui, courant à contre-bord, pourraient aborder le bâtiment: la lame qui vient se briser sur le bossoir du vent, le couvre à chaque moment de ses flaques écumeuses. Un matelot posté en vigie sur la vergue de misaine tient aussi inutilement ses regards fixés sur l'espace, où ils se perdent avec inquiétude. Le capitaine crie de temps à autre, et dans les intervalles où il croit pouvoir se faire entendre: *Veille aux bossoirs!* Mais personne à bord ne peut rien apercevoir, rien découvrir même à la plus petite distance. Les heures s'écoulent dans cette pénible anxiété. Un fanal que l'on a essayé de suspendre dans la mâture s'est éteint, ballotté trop violemment par la force du vent et des coups de roulis. Des cris se font entendre cependant sur l'avant: *Laisse arriver! laisse arriver!* répète avec force le capitaine, en se précipitant sur la barre, qu'il essaie à pousser au vent: C'est un navire qui, naviguant à contre-bord, vient se jeter avec un fracas effroyable sur le bâtiment, qu'il aborde par la joue! Le choc renverse tout à bord; la mâture tombe; l'avant du navire abordé est défoncé. Les lames s'élèvent en mugissant et submergent l'avant, qui reste englouti et qui s'apique dans la mer, en même temps que l'arrière flotte plus élevé sur les vagues qui le heurtent. En vain les plus intrépides saisissent des haches pour couper les parties du gréement qui se sont engagées dans l'abordage: tous les efforts sont inutiles, on court dans l'obscurité, les cris des deux équipages se confondent et se perdent au sein du tumulte horrible des vagues qui rugissent et des vents qui sifflent en enlevant les voiles qui claquent sur leurs vergues brisées. La mort s'offre de toutes parts aux matelots: le navire coule; ils sautent à bord du bâtiment qui flotte encore et qui menace de s'engloutir, en se heurtant sur la carcasse du navire qui a déjà disparu sous les vagues. Le bâtiment abordeur surnage encore cependant sans mâture: il est jeté au large; on saute aux pompes, que tous les efforts des deux équipages ne peuvent franchir; et c'est dans cette position, plus cruelle peut-être cent fois qu'une mort prompte, qu'il faut attendre le jour. Heureux encore si, en apercevant ses premiers rayons, les misérables marins ne sont pas réduits à disputer leur vie à la tempête, en s'abandonnant aux flots dans une frêle chaloupe, où ils ne réussissent trop souvent qu'à prolonger leurs angoisses et leur agonie.

VI.

Les Brisants.

Les moments où l'on se sent le plus fier d'être marin sont ceux où le danger vient donner à l'aspect et à la discipline d'un bâtiment de guerre tout ce que l'appareil de la manoeuvre peut avoir d'imposant et tout ce que l'art nautique peut offrir de ressources. Une nuit, et cette nuit-là, je me la rappellerai toujours, un navire de guerre, sur lequel je faisais ma première campagne, se trouva engagé d'un temps fort mauvais entre des rochers que l'on rencontre dans les débouquements. La position était d'autant plus critique que le vent était assez fort pour nous empêcher de manoeuvrer avec facilité, et que l'obscurité nous permettait à peine de distinguer les récifs à vingt pieds du bâtiment. Le commandant, monté sur la dunette, donnait à l'officier de manoeuvre des ordres que celui-ci répétait dans un porte-voix dont le son mâle retentissait dans le silence de la scène la plus terrible qu'on puisse imaginer. Les lames, portées en mugissant sur les flancs du navire, allaient se rouler ensuite sur les brisants, dont la foudre nous laissait apercevoir par intervalles les bords blanchis par l'écume des flots. Tout l'équipage, rangé sur le pont, attendait avec calme et dans le plus grand silence le commandement de l'officier. Les sifflets des maîtres venaient seuls se joindre de temps en temps au murmure du vent, qui semblait nous menacer de la mort, en hurlant dans nos cordages et dans les ralingues de nos voiles. Aussitôt un coup de tonnerre, dont tout est ébranlé, couvre le navire de soufre et de bitume; le vent saute avec violence, masque et enlève les voiles du vaisseau, qu'il déchire violemment sur leurs vergues. Une grêle épouvantable aveugle les timonniers, et ne permet plus à personne de jeter les yeux au-delà du bord. C'est dans cette position qu'il fallut attendre que ce grain, qui pouvait briser le vaisseau sur les rochers qui l'environnaient, fût passé. Aussitôt qu'il fut éloigné, la voix de l'officier cria de hisser le petit foc, et de tenir la barre au vent. Le bâtiment arrive, il prend de l'aire; l'obscurité, que le nuage chargé de grêle et de foudre favorisait, diminue un peu. Une éclaircie laisse apercevoir à tout l'équipage les brisants que le vaisseau range à *l'honneur* avec une vitesse effroyable. L'écume de la lame qui déferle sur cet écueil tombe à bord: tout le monde en est couvert; mais personne ne jette un cri, ne profère un mot dans cet instant de mort. Le porte-voix seul du lieutenant de quart fait entendre: *Attention à gouverner*! et le vaisseau, passant avec la vitesse de la foudre dans les vagues furieuses qu'il divise, fuit avec la tempête qui menaçait de l'engloutir.

VII.

Incendie en Mer.

Comme il cingle avec grâce et avec vitesse, ce navire si bien espalmé qui vient de quitter le port et qui déjà sillonne la haute mer, cette mer sans fond et sans rivage! Quel calme règne à bord et quelle confiance se peint sur les figures de ces marins et de ces passagers! Sous les larges tentes qui couvrent si élégamment ces gaillards si propres que brûlerait un soleil ardent, voyez la nonchalance des hôtes du bâtiment dont la proue avide est tournée vers l'Europe. Quelques matelots, perchés dans les haubans, fredonnent un chant monotone en réparant les enfléchures. Auprès des jeunes passagères assises sur des nattes africaines languissent leurs élégants compagnons de voyage, qui causent avec mystère, comme s'ils parlaient d'amour. De riches marchands, qui vingt fois ont parcouru ces mers, que les marins ont vues peut-être moins souvent qu'eux, s'entretiennent de leurs projets de fortune, de leurs rêves d'or. Près d'eux le capitaine, chef temporaire de cette famille nomade, se promène grave et fier, jetant à chaque tournée, sur le compas, des yeux vifs et pénétrants, qu'il reporte sur le *penneau* [1] que raidit le vent ou sur la voilure qu'enfle la brise frémissante.

Comment concevoir, quand le temps est si beau, que le navire est si bon, qu'un événement inattendu puisse venir troubler, d'une manière terrible, cette scène paisible, cette sécurité parfaite, cette harmonie délicieuse! Quand le ciel semble sourire aux flots, et que les flots caressent le bâtiment qui porte les rois de la mer, devrait-il y avoir dans la nature quelque chose de plus redoutable que les éléments dont le génie de l'homme a su triompher avec tant d'habileté!

Tout-à-coup cependant le calme qui règne à bord vient d'être troublé. L'effroi a succédé à la confiance, la terreur à l'espérance. Le second est venu dire un mot, un seul mot à l'oreille du capitaine, qui de suite, sans laisser remarquer aucune émotion, est descendu dans la chambre; et ce seul mot a suffi pour répandre la consternation sur toutes les physionomies, auparavant si gaies, si satisfaites. Le capitaine est remonté sur le pont. Il paraît tranquille, mais il commande avec plus de vivacité; mais chacun sait avec quel art les marins se composent le visage à force de courage. Personne n'ose l'interroger, mais on devine déjà la circonstance qui l'a engagé à faire changer la route du navire. On a vu de la fumée sortir par les panneaux de l'avant; une odeur de feu s'est fait sentir. L'ordre de boucher les écoutilles et toutes les issues de la cale a été donné, pour étouffer l'incendie, qui dévore peut-être déjà les ponts qui s'échauffent sous les pieds impatients de l'équipage, plus alerte qu'on ne l'a jamais vu. Plus de doute, le feu est à bord!

Personne désormais ne descendra dans la chambre; c'est sur le pont qu'il faudra bivouaquer. On cherche à tout inonder sous la masse d'eau de ces seaux que l'on remplit sans cesse, et la fumée sort plus épaisse par les fentes où elle pénètre. On dispose les embarcations pour recevoir au besoin les hommes que le feu pourra chasser du bord. Un canot mis à la mer fait le tour du navire, et sous les mains des matelots qui s'attachent aux bordages qu'on inonde à coups d'écope, le brai des coutures se fond, le fer des chevilles semble rougir. Un bruit sourd, comme celui du feu souterrain qui bout dans les veines d'un volcan, se fait entendre dans la cale, devenue un cratère au milieu des flots. Sur ces gaillards où, quelques heures auparavant, il n'y avait que joie et bonheur, s'étendent à demi morts des passagers qui ne veulent plus prendre de nourriture, et qui à peine songent à se couvrir; eux qu'on vit le matin si soigneux de leur toilette, si coquets dans leur élégant négligé. Les marins seuls agissent, mais en silence; les commandements du capitaine sont devenus plus brefs, ses ordres sont exécutés avec plus de promptitude. Il fait naître encore l'espérance dans des coeurs qui sans lui n'auraient plus rien à espérer: «Demain, répète-t-il en regardant sa montre, nous serons à terre à cette heure-ci.» On ose à peine croire à cette prophétie, et pourtant tous les yeux ne se raniment que lorsque la voix du chef, que le péril grandit, a redit cent fois la promesse qui console et qui fait espérer encore.

Oh! que la nuit va être cruelle, et qu'elle semblera longue! Chaque minute semble rapprocher d'une lieue le navire du port, et chaque minute aussi peut faire éclater l'incendie qui couve, qui craque, qui va peut-être s'élancer sur sa proie. Que le jour sera long à venir! et que la brise est faible pour pousser ce bâtiment, qui paraît se traîner et ne plus marcher! Il viendra cependant ce jour si désiré! si désiré surtout des matelots placés sur les barres pour découvrir la terre ou un navire.... Le soleil s'élève enfin sur cet horizon, qui jamais n'a paru si vaste.... Des nuages, fantômes trompeurs, présentent la forme décevante de la côte que l'on cherche.... On a crié *terre!* le bâtiment approche avec le fléau qu'il recèle dans ses flancs à moitié consumés; mais cette côte fantastique, sur laquelle tous les yeux se fixent comme pour la dévorer, a disparu avec le vent, qui se joue si cruellement dans le ciel et sur les flots....

Le pont est devenu plus brûlant encore sous les pieds des hommes qui le parcourent pour manoeuvrer, et qui ne peuvent plus supporter sa chaleur. Un terrible craquement se fait entendre: la fumée plus noire s'échappe avec plus de force, des panneaux que le feu a gagnés. Le capitaine a ordonné de faire embarquer dans les canots, les femmes d'abord, les passagers ensuite. Chaque officier fait exécuter l'ordre et se place dans une embarcation avec le nombre de matelots et de passagers qu'elle peut contenir. Quant au capitaine, il reste le dernier; c'est en vain que les cris de ses passagers, les prières de son second et de ses matelots, l'appellent dans la chaloupe: il veut parcourir encore de l'arrière à l'avant le bâtiment qu'il n'a pu arracher à l'incendie, et qu'il va abandonner à la fureur des flammes. Il jette avec douleur, et sans proférer un mot, un dernier regard sur cette mâture, sur ces voiles qui vont devenir la proie du fléau. Une explosion se fait entendre: un cri de terreur s'échappe des embarcations, et les flammes mugissantes qui s'élancent des panneaux, serpentent dans les voiles qu'elles consument en s'élevant comme dans les capricieux contours d'un feu d'artifice. A travers l'incendie, et au milieu des nuages de fumée qui enveloppent cette masse flottante, le capitaine paraît encore, et il est reçu dans la chaloupe amarrée le long du bord embrasé. Les embarcations s'éloignent, la mâture et la voilure enflammées tombent, et le navire s'abîme comme un vaste brasier dans le sein des mers, qu'il fait bouillonner en s'engloutissant pour jamais dans son immense tombeau.

C'est en vain qu'au bout de quelques heures, les naufragés ont crié avec délire: *La terre! la terre! devant nous.* Le capitaine détourne à peine ses yeux du point où il a vu disparaître son bâtiment. La terre, c'est la vie pour les passagers, mais sa vie à lui, c'est son beau trois-mâts *le Kent,* dont le nom depuis dix ans avait été toujours lié au sien, comme les noms de deux amis que le ciel semblait avoir faits pour ne jamais su quitter!

DEUXIÈME PARTIE.

Combats en Mer.

I.

Combat du côtre le Printemps

ET DE DOUZE PÉNICHES ANGLAISES.

J'étais sur un côtre de l'État, de 14 petits canons. C'était en temps de guerre. Nous escortions vers Brest, avec deux canonnières, un convoi de caboteurs disséminés çà et là, et se cachant dans les cailloux et presque sous les roches, de peur des croiseurs anglais, vautours insatiables, fondant impitoyablement sur tout ce qu'ils apercevaient au milieu de ces mers, devenues leur domaine.

Le soir, un soir d'hiver, se faisait avec ce calme houleux qui a presque l'air d'une tempête. Nous avions rallié, avant la nuit, tout notre petit convoi, pour l'envoyer mouiller ou plutôt coucher au Conquet, sous les batteries de la côte. On aurait dit, en voyant notre côtre *le Printemps* rassembler les navires confiés à sa garde, d'une poule qui cherche à réunir sous son aile maternelle tous ses poussins épars.

A six heures du soir notre convoi était ancré paisiblement à terre de nous, les deux canonnières embossées entre le côtre et nos caboteurs. Comme chef de ce troupeau de navires, nous avions pris la tête de la ligne: le commandant des convoyeurs du Nord avait placé son pavillon à notre bord.

Après le souper de l'équipage, le maître descendit dans la chambre, le chapeau bas et le sifflet au côté:

—Capitaine, dit-il, fera-t-on les filets d'abordage, ce soir?

—Oui, répond le capitaine. Quoique la division anglaise soit loin, il est bon de prendre nos précautions....

—Pourquoi faire vos filets, capitaine? ajoute le commandant du convoi. Cette nuit, nous appareillerons à la marée, et ce serait donner à l'équipage la peine de les amener.

—Cela ne fait rien, commandant; ce sera un petit travail de plus, mais nous dormirons plus tranquilles.... Oui, maître, faites faire les filets.

Cet ordre prudent nous sauva.

Une fois les filets d'abordage dressés au-dessus des bastingages, la bordée de quart se mit à se promener sur le pont du côtre, comme des oiseaux dans une volière; car c'était bien une véritable volière que ce petit bâtiment entouré de ces hauts filets, qui ne ressemblaient pas mal à un grillage de fil de laiton. Il faisait froid, nous étions au mois de décembre, et les pieds des gens de quart frappaient régulièrement de leurs pas sonores le pont qui recouvrait les hamacs des hommes endormis jusqu'à minuit. La mer était calme et l'air si tranquille, qu'on entendait du bord la voix solitaire des factionnaires de la batterie du Conquet, crier à chaque heure: *Sentinelles, prenez garde à vous!* Mais l'obscurité était telle, que nos hommes avaient peine à se reconnaître à la figure, à deux pas de distance les uns des autres.

Minuit approchait: minuit! heure si désirée par ceux qui doivent réveiller la bordée de quart!... C'est, dit-on, à terre, l'heure des amants: à bord, c'est aussi celle du bonheur pour ceux qui ont pris le quart avec une nuit qui semble ne vouloir jamais finir.

Un commis aux vivres, un de ces hommes qui à bord *font le quart de M. l'abbé*, comme disent les matelots, s'avise de quitter sa fumeuse cambuse pour monter sur le pont, en amateur. C'était la Providence qui, sans qu'il s'en doutât, le pauvre homme, le conduisait là, pour nous, pour l'honneur du pavillon et le salut du convoi.

Le cambusier, en humant l'air libre et frais qu'il est venu chercher, s'amuse à porter les yeux, qu'il se frotte encore du dos de la main, autour de lui: il ne voit d'abord rien, mais il lui semble entendre au large un léger bruit de rames, qui fendent la mer avec précaution, avec mystère, avec une sournoise intention; il court devant. Il demande aux hommes de bossoir s'ils n'entendent rien, s'ils ne croient pas apercevoir quelque chose... là... plus loin encore... là enfin?... Les hommes de bossoir se courbent, abaissent le sourcil, étendent leurs regards rôdeurs sur la mer unie, qui se confond avec les ténèbres.... Ils ne voient rien.... Silence! crient-ils aux gens qui se promènent.... Les gens s'arrêtent; ils se taisent, retiennent leur haleine.... Tout le monde écoute, prête l'oreille, ouvre bien encore les yeux.... On n'entend rien!... Le pilotin passe devant en bâillant, et va frapper huit coups à la cloche: c'est la fin de la longue veillée, c'est minuit! *Réveille au quart*! commande l'officier; réveille au quart! répète le maître. *En haut, les babordais*! disent les *tribordais*.... Non! non! s'écrie comme un inspiré notre cambusier, que nous avons oublié, et qui s'est tenu collé au bossoir. Non! non! tout le monde sur le pont! aux armes! aux armes! voilà les péniches!

On n'a pas le temps de s'armer: les péniches anglaises, arrêtées à une petite distance du bord, pour profiter du moment de confusion du changement de quart donnent un dernier coup d'aviron; un effroyable *hourra* est poussé: les péniches volent; elles sont le long du bord. On saute aux pièces, on demande des fusils, des haches, des mèches allumées. Les hommes couchés s'élancent sur le pont. On se heurte, on crie, on met enfin le feu aux pièces: les premiers armés font feu par les sabords. Les Anglais grimpent dans les filets, le pistolet au poing; ils tirent: on leur lance des coups de pique, ils tombent; quelques-uns se jettent à bord par un trou qu'ils ont fait en coupant les filets du travers. Les coups de sabre voltigent; on se hache sur le pont, sans savoir sur qui l'on frappe. Une des canonnières mouillées à terre du côtre se halle à pic sur son câble, et son capitaine hèle au porte-voix: Oh! du *Printemps*, ne tirez plus du côté de babord, vous allez nous couler! et puis cette canonnière, dépassant le côtre de toute sa longueur, envoie une bordée terrible aux péniches, qui se hallent en désordre sous notre beau pré. A la lueur du feu de la canonnière, nous avons vu les Anglais perchés sur leurs bancs!... On se bat encore sur le pont du côtre; mais dans l'intervalle des coups de feu, on entend le bruit des avirons qui tombent régulièrement sur l'eau, qu'ils fendent à coups pressés: ce sont les Anglais qui s'en vont. Le capitaine crie tant qu'il peut: «Ne frappez plus! ne frappez plus! allumez les fanaux!» Il était temps.» Les hommes du côtre se massacraient entre eux, croyant abattre des ennemis. En allant chercher du feu à la cuisine et à l'habitacle pour les fanaux, nous autres petits pilotins, nous tombons sur des cadavres qui nous barrent le chemin. On se relève, les mains gluantes de sang; enfin, les fanaux viennent. On relève dix à douze blessés, cinq à six morts. Trois Anglais hachés sont reconnus: ils portent au bras une bande de drap blanc, qui devait leur servir de reconnaissance pendant la mêlée. On les panse, on les interroge. L'un d'eux, qui, malgré ses onze blessures, peut encore parler, nous apprend que douze péniches nous ont abordés, et que sans nos filets nous eussions été enlevés en quelques minutes! Notre capitaine, pris corps à corps par ce dernier assaillant, lui avait traversé la poitrine d'un coup de pistolet à bout portant, cependant parlait encore.

La plus complète tranquillité succéda à cette attaque de nuit. Les commandants des forts et des canonnières se rendent à notre bord: on se félicite, on s'embrasse sur ce pont encore tout ensanglanté. Le lendemain au matin, l'ordre d'appareiller est donné, et le jour enfin se fait.

Nous l'attendions bien impatiemment ce jour, pour contempler avec curiosité le théâtre de notre combat nocturne. Le côtre se trouva noblement environné, au lever de l'aurore, de débris d'embarcations, de chapeaux de marins, percés de biscaïens, d'avirons brisés, éparpillés çà et là sur les flots, où l'on croyait apercevoir de larges taches rouges.... Nous appareillâmes avec notre convoi, que nous conduisions tout glorieux, un large pavillon tricolore à notre pie. En doublant la pointe Saint-Mathieu, une longue et noire frégate anglaise, détachée de la division qui croisait au large, parvint, en louvoyant *à toc de voiles*, à s'approcher de nous. Notre petit branle-bas de combat était fait à bord, protégés que nous étions sous les hautes batteries de terre. La frégate nous rallia à demi-portée de canon, mais sans nous envoyer un seul boulet. Elle semblait, avec inquiétude, chercher à voir si nous avions pris quelques-unes des péniches: plusieurs d'entre elles avaient sans doute manqué au rendez-vous. La frégate parut ne pas vouloir se venger de notre succès, car elle était bien près, bien terrible, et elle ne répondit pourtant pas aux batteries de la pointe Saint-Mathieu, qui déjà faisaient gronder leurs lourdes pièces de 36. En virant de bord, pour s'éloigner, elle nous laissa lire distinctement à la longue vue, sur son vaste arrière, ce nom écrit en lettres blanches: *Cornélie*.

Le soir, nous avions déjà débarqué tous nos blessés à l'hôpital de la marine de Brest. Le lendemain, nos morts furent ensevelis dans notre grand pavillon, et enterrés avec pompe dans le cimetière de la ville. Les blessés qui purent se traîner à terre, suivirent le convoi.

J'avais neuf à dix ans. A cet âge, on a tout ce qu'il faut pour recevoir les vives impressions, qui se gravent pour jamais dans une mémoire fraîche et une imagination facile à impressionner: jamais aussi je n'oublierai ces grands Anglais que je vis grimpés, comme des fantômes de nuit, dans les filets d'abordage du côtre *le Printemps*.

II.

Combat de nuit entre une frégate et un vaisseau.

La nuit s'est faite: elle sera noire. Les hommes en vigie, et les gabiers occupés dans le gréement, ont promené, au coucher du soleil, leurs regards attentifs sur un horizon brumeux. On n'a rien vu, et pourtant c'est au coucher ou au lever du soleil, que les voiles qui commencent à poindre sur le cercle dont le navire est le centre, peuvent être le plus facilement aperçues. Mais rien... rien, le maître de quart, à qui chaque védette envoyée sur les barres, doit faire son rapport en descendant, est venu dire à l'officier: *Lieutenant, rien de nouveau à la vigie.*—*C'est bon*, a répondu l'officier.

Le vent a fraîchi avec l'obscurité; on a pris le ris de chasse dans chaque hunier; la grande voile a été serrée; tous les gens de quart se promènent en longues files sur les passavants. Les hommes placés à chaque bossoir veillent, et à chaque coup de marteau que le pilotin va frapper sur la cloche pour annoncer l'heure, on entend la voix sourde du maître, hurler ce lugubre avertissement: *Ouvre l'oeil au bossoir*, et les sentinelles de l'avant de répéter: *Ouvre l'oeil devant!* Les yeux en effet n'auraient garde de se fermer. De temps à autre, les découvreurs officieux s'arrêtent pour regarder au loin le sommet des lames brunes qui clapottent, et qui, se dessinant en pointes au-dessus de l'horizon, semblent présenter l'apparence ou les formes d'un navire.... Mais dès que l'illusion est détruite, et dès que le spectre se dissipe en roulant avec les flots qui l'ont produit, les regardeurs reprennent le cours de leur promenade, pour se mêler à la conversation générale.

Un des hommes de bossoir cependant a appelé le contre-maître de quart: le contre-maître a tenu quelque temps ses regards inquiets sur le point que le matelot lui a indiqué. Il passe derrière; il dit un mot à l'oreille du maître assis nonchalamment sur le bout de la drôme. Le maître parle à l'officier; l'aspirant de quart posté devant passe derrière; l'officier a regardé au vent par-dessus les bastingages. On lui a dit: C'est là... là...; et bientôt on entend le chef de quart prononcer ces paroles, qui arrêtent le sang dans toutes les veines: *Timonnier, allez réveiller le commandant.*

Le commandant paraît: il dirige sa longue-vue de nuit sur le point qu'on lui montre. Tous les yeux suivent le mouvement de cette longue-vue au bout de laquelle toutes les destinées semblent attachées... *Cachez les feux partout: branle-bas général de combat.* C'est l'ordre qu'a donné le chef à l'officier de quart. A bord d'une frégate, en temps de guerre, le branle-bas est aussitôt fait, même de nuit, que l'alignement d'un régiment d'infanterie rangé sous les armes. En un clin-d'oeil, les hamacs, où dormaient, quelques secondes auparavant, deux cents hommes, sont portés dans les bastingages, les pièces sont détapées, les mèches allumées, les canonniers à leur poste de combat, les chirurgiens parés dans le faux-pont à découper les blessés qu'on leur jettera. La poudre circule dans les batteries avec les gargoussiers des petits mousses; le capitaine d'armes, avec sa troupe, parcourt le sabre en main toutes les parties du navire, pour s'assurer que tout le monde s'est rendu à son devoir.... En quelques minutes enfin l'ordre donné par le commandant de la frégate, se trouva exécuté: il n'y avait plus qu'à attendre l'événement..

Mais, avec quelle attention les hommes que leur service appelle sur le pont, cherchent à voir le navire que l'on croit avoir aperçu! Tous les yeux se tiennent attachés sur une masse noire qui semble approcher en se balançant sur les flots qui la poussent vers la frégate. La grande voile a été mise sur les cargues, le ris de précaution, pris dans les huniers, a été largué: mais le point noir avance, la masse aperçue grandit, s'étend: c'est un fort navire auquel l'ombre de la nuit semble encore donner des formes gigantesques. *Il faudra bientôt en découdre*, se disent tout bas les matelots. *Le commandant vient de capeler son grand uniforme. Il y aura avant le jour des chapeaux à revendre à bord.* Mais quel silence règne, au milieu de tant d'hommes qui vont envoyer et recevoir la mort! Le bâtiment chasseur n'est plus qu'à une portée de pistolet de la frégate: c'est un vaisseau, un vaisseau de ligne!... Savez-vous bien tout ce qu'une apparition de ce genre a d'imposant à cette petite distance, à cette heure sinistre où le péril a quelque chose de si funeste au milieu des mers qui gémissent, du vent qui semble se plaindre, au bruit surtout du porte-voix, qui retentit d'une manière si lugubre!...

Le vaisseau approche encore; on entend un terrible coup de sifflet de *silence*, dont le son aigu et saccadé se prolonge et va frapper les oreilles attentives de l'équipage de la frégate. Puis à ce coup de sifflet succèdent ces mois solennels hélés en anglais: *Ship hoe!... C'est un Anglais, c'est un Anglais!*

Le commandant de la frégate répond, et aussitôt le pavillon français flotte dans l'obscurité au haut de la corne; et dans le porte-voix de combat a retenti cet ordre si bien compris: *Parez-vous à faire feu au commandement!* Tous les coeurs palpitent: c'est le moment suprême.

La frégate revient au vent pour présenter le travers à l'ennemi, qui a voulu la prendre en hanche en se laissant culer. *Feu tribord!* La volée part à la fois à bord des deux navires, et ces deux bordées ne font qu'un seul coup de foudre: puis un silence affreux; le temps seulement de recharger les pièces; silence qui n'est interrompu que par le bruit des manoeuvres qui tombent, des blessés qui crient. *Feu tribord*! répète le commandant. *Feu tribord*! répètent les officiers; *charge en double! pointe à démâter*! Les coups de canon ne se font pas attendre; ils grondent sans interruption, et au fort du combat, et au sein de l'obscurité et des bouffées de fumée, on entend: *Le vaisseau est là! le voilà par la hanche! le voilà!* attention à pointer: *feu! feu!* et toujours feu.

A terre, les coups de fusil sont la base des batailles; en mer, un combat est une longue fusillade à coups de canon: là ce sont des balles, ici ce sont des boulets.

C'est en vain que la frégate, couverte de voiles, a voulu fuir: le vaisseau la gagne et la couvre de feu et de mitraille; il ne pointe plus à démâter, il pointe à couler bas. Il ne réussira peut-être que trop bien: un aspirant est monté précipitamment sur le pont; il a dit un mot à l'oreille du commandant, et le commandant, sans quitter le poste, où il semble cloué, a ordonné de garnir les pompes. Les brimbales étaient montées: les pompes jouent aussitôt; l'eau entre dans la cale par les trous des boulets reçus à la flottaison, et toujours le vaisseau anglais poursuit sa proie, en paraissant étendre sur elle, comme des ailes fatales, ses voiles encore intactes, hautes et toujours majestueusement bordées sur ses vergues immenses.

Une dernière volée va décider du sort de la frégate. Oh! que les chefs de pièce, enragés de toujours manquer cette mâture, mettent de zèle et d'âme à pointer leurs canons: cette volée sera terrible pour le vaisseau, qui présente le travers; elle sera lancée à bout portant et des gaillards et de la batterie: elle part, elle tonne enfin cette volée, dernier effort du bâtiment le plus faible et le plus maltraité. Elle a tonné, et long-temps après qu'elle est sortie comme la foudre du flanc de la frégate, les nuages épais d'une homicide fumée, cachent encore et la frégate et le vaisseau. Mais le vent dissipe enfin ce chaud nuage de salpêtre: le vaisseau a culé; un bruit effroyable se fait entendre! C'est son grand mât de hune, avec les voiles dont il est surchargé, qui, en craquant comme un édifice qui s'écroule, tombe le long de son bord entre lui et la frégate. Un cri de *vive l'empereur*! un cri de victoire part, avec le bruit et la rapidité de la foudre, de dessus le pont de la frégate. Elle vient de démâter l'ennemi: elle vient d'échapper à sa perte, à sa honte! c'est de la batterie, c'est des gaillards, c'est de l'avant, c'est de l'arrière, c'est de partout enfin que le coup vengeur, que le coup sauveur est parti. La frégate, délivrée, fuit, mais en se soutenant au moyen de ses pompes sur les flots qu'elle fend et que le sang qui coule de ses dallots a rougis. Elle fuit; mais en s'éloignant elle veut encore faire ses adieux à l'ennemi qui lui présente un avant tout délabré. Une volée, chargée à la hâte jusqu'à la gueule, est lancée avec rage dans les bossoirs du vaisseau: c'est la dernière! un roulement annonce à bord de la frégate, que l'action est finie et que le feu est éteint.

Oh! c'est alors que la scène qu'animait l'ardeur du combat et qu'ennoblissait l'éclat de la gloire, va changer de face! Pendant deux heures on a marché dans le sang et sur des cadavres, sans s'en apercevoir: les idées étaient plus haut. Mais après le roulement du tambour, mais après l'exaltation du carnage, les regards s'abaissent sur le pont: la lueur des fanaux laisse voir le sang sur lequel on a marché, les cadavres et les membres épars que l'on a foulés aux pieds. L'appel va se faire; chaque officier tient la liste de son escouade: on se range sur le pont, dans la batterie; les rangs sont vides: on demande, on cherche ceux qui manquent. L'officier appelle les noms: peu de voix répondent, *présent*. On devine le sort de ceux qu'on appelle et qui ne répondent pas! C'est avec le jour que commenceront les rapides funérailles du bord, et que les fauberts iront, sous les mains des matelots, effacer les taches épaisses du sang qui a si long-temps coulé pendant la nuit!...

III.

Chaloupe Canonnière coulée par un brick anglais.

La Canonnière 93 devait escorter, de Perros à l'Ile-de-Bas, sept à huit navires chargés de grain, et destinés à approvisionner les magasins des vivres de la marine au port de Brest.

Notre canonnière était une de ces embarcations longues et plates que Napoléon avait fait construire par milliers, pour opérer cette gigantesque descente que tant de circonstances firent manquer. Plus tard on avait cherché à utiliser les grandes chaloupes de la flottille, en leur plantant une haute mâture de brick de guerre, et en remplaçant leurs trois fortes pièces de trente-six, par une douzaine de petits canons de quatre; elles qui, étroites et longues, ne calaient que quatre à cinq pieds d'eau! Plusieurs de ces pauvres chaloupes canonnières, si fastueusement gréées, chavirèrent sous le poids de leur haute mâture et payèrent bien cruellement ainsi l'honneur d'avoir voulu s'égaler aux grands bricks de l'État.

Aussi fallait-il voir la vigilance que mettaient les officiers embarqués sur ces bateaux, si peu stables, à prévenir les moindres grains! A peine un nuage s'élevait-il un peu rapidement sur l'horizon; à peine la brise venait-elle à verdir la mer, ou à frémir dans le gréement, qu'on amenait tout à bord, de peur de faire chavirer la barque sous l'effort de la risée. On savait qu'il y allait de la vie, et c'était avec prudence que l'on jouait sur les flots cette partie dans laquelle l'existence de tout un équipage est mise si souvent en jeu.

Les vents étaient au sud-est lorsque nous appareillâmes de Perros avec notre petit convoi. Le matin on s'était assuré, en montant au sémaphore, guindé sur la partie la plus élevée de la côte, qu'il n'y avait aucun ennemi en vue. La plus parfaite tranquillité régnait au large sur les flots: la brise était ronde, la journée paraissait devoir rester belle. En un clin d'oeil nous fûmes sous voiles, laissant les Sept-Iles par notre côté de tribord, et longeant, avec nos bâtiments bien ralliés, la côte de Lannion par babord. Les rochers arides que blanchissaient de belles vagues étincelantes au soleil de mai, défilaient déjà à nos yeux, et à chaque minute les formes bizarres du rivage changeaient d'aspect et de perspective. Rien n'est plus piquant, sous un ciel serein, que de voir ainsi la terre se métamorphoser sans cesse et revêtir les couleurs et les configurations les plus diverses. C'est un vaste panorama que la mer encadre avec son mirage, ses riants fantômes, et dont le navire est le centre. Aucune illusion d'optique ne peut rendre ce spectacle, si indifférent quelquefois pour les gens qui se sont fait une habitude de naviguer au milieu des miracles de perspective et des prodiges de l'Océan.

Vers midi, le vent, qui depuis notre départ avait paru vouloir tomber, passa définitivement au Sud, en faisant défiler, sous le ciel devenu grisâtre, de gros nuages, chargés de pluie. Une brume épaisse s'étendit, comme un rideau, sur le groupe des Sept-Iles que nous laissions déjà derrière nous, et sur la côte, qui ne se montrait plus à l'horizon que comme un banc de fumée. La brise, qui nous poussait au large, nous contraignit de louvoyer, non plus pour nous rendre à l'Ile-de-Bas, mais bien pour tâcher de gagner un mouillage à terre.

Notre capitaine, brave officier, élevé dans les dangers de sa profession et accoutumé à supporter toutes les contrariétés du métier, se montra soucieux dès cet instant. Il nous ordonnait avec inquiétude de bien regarder autour du navire. Il semblait prévoir l'événement que le sort nous réservait.

Quant à nos pauvres bâtiments du convoi, ils louvoyaient aussi en ayant soin de ne pas nous perdre de vue. Ils paraissaient craindre l'approche de quelque croiseur, et rechercher par instinct notre protection contre tout événement possible; car alors les croiseurs anglais ne manquaient pas de rôder, en vrais loups, autour des faibles troupeaux de petits bâtiments que nous nous hasardions quelquefois à faire sortir de nos ports.

A dix heures on vint nous annoncer que le déjeûner était servi dans la chambre. Le capitaine ne voulut pas descendre: l'officier de quart resta sur le pont pour lui tenir compagnie et pour faire virer de bord la canonnière, chaque fois que le pilote-côtier venait conseiller d'envoyer vent-devant.

Nous étions assis depuis quelques minutes autour de la table du déjeuner, lorsque nous entendîmes sur le pont un mouvement extraordinaire. Nous montâmes tous. Ceux des navires du convoi qui se trouvaient à terre de nous, venaient de laisser arriver à plat sur la canonnière. Malgré l'épaisseur de la brume, ils avaient aperçu au vent à eux, un grand navire qui ne faisait pas partie du convoi. Nous jetons les yeux sur le point qu'ils nous indiquent. La parole nous manquait pour nous dire l'un à l'autre ce que nous venions de découvrir....

Une haute voilure de brick nous apparaît dans la brume, sous une forme aérienne. Cette voilure, avec ses contours imposants, filait avec vitesse comme un gros nuage noir que le vent aurait poussé silencieusement au-dessus des flots. Bientôt le brick, que nous ne voyions encore que par son travers, laisse porter sur le groupe des navires que nous escortions. C'est probablement le corsaire *le Jean-*

Bart, disons-nous, qui, mouillé depuis long-temps à l'Ile-de-Bas, sera parti ce matin, pour retourner à Saint-Malo. Nous nous flattions trop; mais comment penser qu'un bâtiment ennemi osât, avec un temps pareil, approcher aussi près d'une côte aussi dangereuse! comment supposer que sur ces mers, où quelques heures auparavant nous n'avions pas vu un seul navire, un brick anglais fût parvenu aussitôt à se placer sous terre? On ordonne le branle-bas de combat à notre bord. Le capitaine passe sur l'avant, un porte-voix en main. Il crie aux bâtiments du convoi: *Continuez de louvoyer, et si l'un de vous amène pour le brick en vue, je le coule à fond.*

Le moyen de choisir, si c'est un bâtiment ennemi? Coulés par le brick s'ils n'amènent pas, ou coulés par notre canonnière s'ils amènent, nos navires se décident toutefois à louvoyer pour essayer de gagner la côte. Notre anxiété ne peut se peindre, nous si faibles et surpris au large par un navire qui paraît être si fort! Qu'allons-nous devenir!

Il n'était que trop fort, en effet, ce brick qui déjà nous laisse voir une batterie très-haute, au-dessus des lames qui clapottent à peine au ras de ses sabords, ouverts comme une gueule béante qui s'apprête à vomir du sang et de la flamme.

Notre malheureux capitaine sentit qu'il fallait se sacrifier pour sauver le convoi qui lui avait été confié. Il ordonna de commencer le feu et de pointer juste.

Deux ou trois grosses lames passent sous la canonnière; on attend *l'embellie*, le navire sera plus stable. Ce moment arrive, et nous envoyons par tribord cinq coups de canon de quatre, au brick anglais, qui paraît à peine en être effleuré. Cette agression semble le mettre à l'aise; il revient un peu au vent, en nous laissant voir à sa corne la queue d'un large pavillon rouge; puis après nous entendons éclater, au milieu d'un nuage de fumée blanche que vomit sa batterie, un lourd coup de foudre. Des cris partent de notre bord; la mitraille a sifflé à nos oreilles; elle a frappé plusieurs de nos hommes. Un mât de hune tombe: le capitaine hurle au porte-voix: *Enlevez les blessés! feu tribord*! Nous faisons feu; mais le fracas de l'artillerie du brick couvrait le bruit de nos petites pièces. Le combat est engagé: le brick nous approche à demi-portée de pistolet; il masque son grand hunier pour ne pas nous dépasser, et dans cette position les sifflets perçants des maîtres se font entendre: c'est le moment fatal. Une grêle de boulets et de mitraille tombe sur notre pont, balaie nos gaillards et nos passavants. Cette position n'était plus tenable; et, loin d'amener, notre capitaine nous fait entendre au contraire ce cri terrible: *A l'abordage! à l'abordage!*

Dans un moment de calme et d'affaissement, une petite voix vient glapir au panneau. C'est un mousse qui crie: *Nous coulons! nous coulons! la calle est pleine d'eau!* Les boulets de 32 du brick, pointés à la flottaison, nous avaient percés de part en part: chaque projectile avait fait deux trous par lesquels l'eau entrait dans notre calle, comme dans une citerne.

La barre de la canonnière est poussée à babord; le capitaine lui-même aide les timonniers à faire ce mouvement; avec l'aire que conserve encore le navire à moitié coulé, nous revenons au vent et nous abordons le brick qui nous présente le travers. Mais qui montera à l'abordage! Il ne reste tout au surplus que quinze à seize combattants sur notre pont, de tout un équipage de cinquante hommes: les Anglais prennent le parti de descendre à notre bord; ils tombent par groupes sur nous: notre capitaine, furieux, se précipite devant eux. Un coup de sabre lui fait voler le sommet de la tête: deux coups de feu l'étendent mort. Les briquets voltigent sur nos têtes, les coups de feu pleuvent de tous côtés. Il n'y a plus que des morts, des blessés et des Anglais sur notre canonnière, qui menace de couler avec les vainqueurs et les vaincus. Le brick s'éloigne d'elle, laissant à notre bord les deux tiers de l'équipage, qu'il nous a mitraillés, hachés et coulés.

Bientôt heureusement les embarcations du brick sont mises à la mer: elles recueillent nos blessés. On nous transporte à bord du bâtiment ennemi. Le capitaine anglais nous reçoit avec flegme, avec un peu de dédain même: ses hommes étaient occupés à fourbir les batteries des caronades qui venaient de nous foudroyer, et à enlever sur le pont les taches du sang que notre feu avait fait couler. Le navire qui venait de nous traiter ainsi se nommait *le Scylla*, capitaine Arthur Atchisson. Il avait vingt caronades de 32 en batterie, et cent vingt-cinq hommes d'équipage; il n'en fallait pas tant pour nous.

Le capitaine Atchisson fit appeler notre second, qui n'était que légèrement blessé: il ordonne à un grand homme sec, qui parlait français, d'adresser à cet officier les questions suivantes:

—Pourquoi avez-vous résisté avec si peu de monde et un navire si faible, au brick que vous voyez?

—Parce qu'il a plu à notre capitaine de le faire. Dites à votre commandant que je suis son prisonnier; mais que je n'ai aucun compte à lui rendre.

—Le capitaine Atchisson m'ordonne de vous demander quelle était votre intention en cherchant à l'attirer sur les roches de Kéraliës?

—Notre intention était de vous faire vous jeter sur les rochers et de nous donner le plaisir de vous voir vous noyer, en nous sauvant.

—Le capitaine me dit de vous répondre qu'il connaissait la côte tout aussi bien que vous, parce qu'il a à bord un pilote français.

—Et quel est ce pilote?

—C'est moi.

—En ce cas, dites à votre capitaine que vous êtes une lâche canaille, et que je vous méprise trop pour répondre désormais aux questions qui me seraient faites par la bouche d'un traître de votre espèce.

Le commandant anglais, devinant le sentiment que venait d'exprimer notre second, le retient par le bras et l'attire avec lui sur l'arrière, en ordonnant qu'on aille chercher le master.

Le master paraît: il s'exprimait assez bien en français. Après avoir un instant causé avec son commandant, il dit à notre second:

«Le commandant me charge, monsieur le lieutenant, de vous présenter ses excuses, et de vous assurer qu'il méprise autant que vous pouvez le faire vous-même, le pilote français à qui vous attribuez avec raison votre perte. C'est un traître dont nous nous sommes servis, mais que l'on paie et que l'on ne peut estimer. Pendant tout le temps que vous passerez à bord, il lui sera interdit de paraître sur le gaillard d'arrière; c'est l'ordre du capitaine Atchisson, qui m'invite aussi à vous demander si vous voulez lui donner la main et accepter sa table.» Nous vîmes, après ces paroles, notre second et le capitaine anglais se donner affectueusement une poignée de main.

Nous fûmes traités à bord de *la Scylla* avec tous les égards possibles.

Quant à notre pauvre canonnière, quelques heures après notre combat, elle coula, malgré toutes les peines que s'étaient données les Anglais pour la maintenir sur l'eau comme un trophée de leur victoire; elle coula avec nos morts sur le pont! Le navire que ces pauvres gens avaient défendu jusqu'au dernier soupir, leur servit de tombeau, et le pavillon, que personne n'avait songé à amener, disparut au bout du pic sous les flots que le sang de tant d'hommes avait rougis....

Pendant la nuit, à l'heure où les Anglais nous croyaient endormis, nous entendîmes sur le pont le bruit sourd de plusieurs voix qui semblaient réciter des prières. Et puis ensuite on faisait silence, et des objets qui paraissaient être d'un grand poids étaient lancés à la mer. C'étaient leurs morts que les Anglais jetaient ainsi par-dessus le bord, mais avec mystère, pour nous cacher le mal que nous leur avions fait dans ce combat si inégal. C'était là une de ces coquetteries de guerre, que l'on n'épargne pas même aux vaincus.

Trois jours après notre action, nous fûmes plongés, blessés, sans effets, sans secours, dans les prisons de guerre de Plymouth.

TROISIÈME PARTIE.

Aventures de Mer.

I.

Le Capitaine de négrier.

Un de mes amis d'enfance, après avoir servi comme officier dans la marine militaire, se livra en 1816 à la traite des noirs, et parvint à s'enrichir en peu de temps, au milieu des périls attachés à cette triste navigation. Revenu malade à la Martinique, à la suite d'un voyage pénible, il était à peine convalescent, qu'il se disposa à entreprendre une autre campagne à la côte d'Afrique. Son ami, qu'il revoyait après sept à huit ans de séparation, crut devoir employer, en cette circonstance, tout l'empire que lui donnait sur son esprit un ancien attachement, pour le détourner d'un projet qui, selon toutes les apparences, allait lui coûter la vie. Mais toutes ses instances furent vaines, et la dernière conversation qu'eurent ensemble les deux marins, est assez caractéristique pour pouvoir être rapportée ici au profit de ceux qui ne s'imaginent pas ce qu'une vie aventureuse peut offrir de charmes à une jeune imagination et à l'exaltation d'une âme avide et forte.

L'ami. — Pourquoi, avec une fortune acquise aux dépens de la santé, et au milieu de tant de dangers, vas-tu encore, malade comme tu l'es, chercher une mort presque certaine, tandis que tu pourrais vivre si commodément maintenant au milieu d'une famille que tu chéris, et qui n'aura pas de plus grand bonheur que celui de te revoir?

Le capitaine. — Si tu connaissais comme moi toutes les sensations que j'ai éprouvées dans le métier que je fais, tu ne m'adresserais pas une pareille question. Fatigué de végéter au milieu des habitudes uniformes de l'Europe, j'ai trouvé un autre monde, une autre nature sur la côte d'Afrique. C'est là que je me suis senti vivre le plus énergiquement; c'est là seulement que j'ai compté pour quelque chose, les arts qui nous élèvent au-dessus de l'incivilisation des sauvages. Et crois-tu que ce ne soit pas quelque chose de délicieux que de se montrer avec supériorité au milieu d'une peuplade de nègres qui tous vous regardent comme un homme d'une nature extraordinaire, qui vous admirent comme un être miraculeux? Très-souvent, dans mes rêves de gloire, je me suis imaginé que j'étais amiral, et qu'après un combat, je paraissais, enivré d'applaudissements, dans une salle de spectacle. Eh bien, dans ma fièvre de gloire, j'éprouvais mille fois moins de plaisir que lorsque j'ai parcouru, à côté du cacique des Bisagos, un marché ou une ville où trois à quatre milles noirs attachaient sur moi leurs regards avides. L'idée que j'allais choisir dans cette multitude trois ou quatre cents esclaves, me repoussait moins que la puissance que j'allais exercer sur tout ce monde ne me séduisait. Et puis cette mâle satisfaction de commander à un équipage d'hommes aventureux que j'avais conduits, à travers tant de dangers, sur des côtes où les croiseurs nous poursuivaient encore, me donnait en moi une sorte de confiance que toutes les récompenses décernées par l'Europe à une belle action, ne m'auraient pas inspirée. Va, crois-moi, c'est quelque chose de bien séduisant que de réussir à surmonter de grands périls et à faire des choses inconnues au reste du monde entier.

L'ami. — Mais enfin, avec ton bon sens et le respect que tu fus habitué à porter aux lois de l'humanité, il t'a fallu vaincre bien des obstacles et surmonter beaucoup de remords déjà, pour exercer un métier comme celui que tu fais?

Le capitaine. — Et c'est justement parce qu'il fallait braver des lois qui gênaient mon indépendance, que j'ai fait la traite; si elle avait été permise, je n'y aurais jamais songé. Aujourd'hui, je la ferais pour rien, non pas que je sois inhumain; car un nègre qui souffre me fait plus de mal que la douleur que je ressentirais moi-même; mais c'est parce que l'attrait qui m'attire vers les choses extraordinaires, est irrésistible pour moi.

L'ami. — Et ta famille, tu n'y penses donc plus?

Le capitaine. — Dans le moment où je me crois sur le point de perdre la vie, je pense à ma mère; mais je l'ai mise dans l'aisance, et ce qui me console, c'est que je lui laisserai plus de 150,000 francs.

L'ami. — Et crois-tu aujourd'hui que si tu voulais te marier, et que tu eusses des enfants auxquels tu t'attacherais, ton sort ne serait pas plus heureux que celui que tu vas chercher en prodiguant ta vie pour une fortune dont tu n'as plus besoin, ou pour des succès sans gloire ou plutôt sans excuses?

Le capitaine. — Bah! une femme, des enfants, ne m'en parle pas! cette pensée me gêne trop. Une jolie goëlette, quelques vaillants matelots, une bonne paire de pistolets et un sabre, voilà tout ce qu'il me faut. Avec cela et mille lieues de mer à parcourir, un homme comme moi est le plus heureux du monde! Voilà tout mon bagage et ma fortune. Je n'en aurai jamais d'autre, s'il plaît à Dieu.

L'ami. — Et les souffrances que tu as éprouvées à la suite de ton voyage, et les maladies que tu vas braver encore?

Le capitaine.—Quoi! les maladies de la côte d'Afrique? C'est si tôt fait: dans cinq à six heures on est expédié. Jamais je ne me suis senti fait pour mourir de la goutte. Tiens, vois-tu, depuis qu'ici je dors tranquille et sans craindre aucune alerte, je m'ennuie à la mort. Mais à mon bord, quand je m'étends tout armé sur le pont avec trois cents noirs dans ma cale, et que je pense que je serai peut-être éveillé par une révolte ou la chasse d'un croiseur, je ne puis pas te dire combien je m'estime comme homme, combien je méprise la vie d'un buraliste, par exemple, ou celle d'un épicier.

L'ami.—Tu ne comptes donc pour rien l'estime de tes semblables, la considération dont tu pourrais jouir dans le monde?

Le capitaine.—Et qui t'a dit que le roi des Bisagos ou du vieux-Calebar ne m'estimât pas? Et crois-tu que la considération des armateurs que j'enrichis, et le respect de mon équipage, ne soient pas quelque chose pour moi! Le monde est tout entier dans mon navire ou le lieu que j'aborde. Tous ceux qui me regardent comme une espèce d'écumeur de mer, m'estiment plus qu'ils ne s'estiment eux-mêmes. Je suis dix fois plus homme qu'eux tous. A terre je vaudrais autant qu'eux dans la plupart des professions qu'ils exercent; à la mer je ne voudrais d'aucun d'eux, peut-être, pour mon mousse. J'ai rencontré jusqu'ici bien de ces hommes-femmes qui me regardaient avec une sorte d'effroi ou d'étonnement, mais je n'ai vu personne qui eût l'air de m'examiner avec mépris. Tu connais d'ailleurs assez mon caractère, pour penser que tes remontrances ne pourront ébranler une résolution prise depuis si long-temps, et à laquelle cinq voyages de traite ne m'ont pas fait renoncer. Tu m'offres la perspective d'une vie tranquille dont je ne veux pas, et pour laquelle je ne suis pas fait. Tu as rempli envers moi les devoirs de l'amitié, et tu as suivi les impulsions de ton coeur en cherchant à me ramener au sein de ma famille. Je te remercie de tous tes efforts, et si, comme il est probable, nous ne nous revoyons plus, crois bien que jusqu'à mon dernier jour je me rappellerai ta conduite, qui est celle d'un vieux camarade et d'un brave garçon. Adieu! embrasse ma pauvre mère pour moi, et dis-lui qu'elle est riche aujourd'hui, et qu'elle ne me pleure pas trop, si je meurs avant elle. Adieu!... Je n'aime pas à m'attendrir, parce que cela ne conduit à rien de fort....

Après cet entretien, le capitaine négrier quitta son ami, s'embarqua sur sa goëlette, et ne revint plus. Assassiné à la côte d'Afrique par ses nègres, qui se révoltèrent, dans la rivière des Bisagos, quelques jours avant son départ, son corps fut jeté à l'eau par les esclaves furieux, qui mirent, en s'échappant, le feu au navire qui devait les jeter sur les côtes de la Havane.

II.

Les pirates de la Havane et le brick de guerre.

Pris par un pirate qui avait pillé le négrier sur lequel nous sortions des Bisagos, avec une cargaison de trois cents esclaves, je me trouvai forcé de m'abandonner au sort qui venait de m'enchaîner aux chances périlleuses que couraient les forbans auxquels nous nous étions rendus. Leur navire était un petit trois-mâts de la Havane, fin voilier, bien équipé et armé de douze carouades de 16. Ils allèrent établir, après avoir capturé et expédié notre bâtiment, leur croisière près de Sierra-Leone.

Une nuit, je me le rappellerai toujours, le capitaine ayant prévu du mauvais temps, fit prendre des ris dans les huniers, et recommanda à l'officier de quart de veiller aux grains qui s'élevaient du sud-est; mais, ne se fiant pas trop au chef du premier quart, dont l'habitude était de boire beaucoup, le capitaine s'entortilla de quelques pavillons, et s'endormit sur le pont auprès du timonnier. A chaque grain qui tombait à bord, il se réveillait, et, d'une voix tonnante, ordonnait d'arriser les huniers. Un de ces grains fut si violent, qu'après avoir grondé sur nous, il nous força d'amener les huniers sur le tenon. Mais dès que le nuage qui nous avait inondés de pluie fut passé sous le vent, un des hommes placés aux bossoirs cria: *Navire!* Tout le monde se leva à ce cri répété de l'avant à l'arrière: c'était un spectacle curieux et terrible que de voir ces matelots déguenillés sortir de l'entrepont, comme d'un antre de brigands, les pistolets accrochés à leur ceinture de corde, et un large poignard à la bouche ou dans la main. Jamais un branle-bas de combat ne fut aussi vite fait à bord de la frégate la mieux tenue. Tous les regards de ces hommes avides se portaient sur la partie de l'horizon où l'on avait cru apercevoir le navire. Un point noir se faisait remarquer confusément en effet sous le vent, à une assez petite distance. La nuit était sombre, le ciel couvert, et le bruissement des lames et du vent se faisait entendre seul. Le capitaine pirate, l'oeil fixé sur l'habitacle, dont il cachait la lueur avec sa capote, faisait gouverner de manière à rallier le bâtiment qu'il croyait apercevoir, se tenant toujours au vent du point où il s'imaginait le voir fuir. Bientôt un officier qui s'était placé devant, passa sur l'arrière pour avertir le capitaine qu'on n'était plus qu'à une portée de fusil du navire chassé. *Soyez parés à l'abordage*, dit alors le capitaine à demi-voix à tout son monde: *Il faut l'enlever souplement, garçons!* Et tous les forbans frémirent d'impatience, courbés presque à plat-ventre sur le gaillard d'avant, pour être plus tôt prêts à sauter à bord du bâtiment, qu'ils dévoraient déjà des yeux. Le navire, dont nous approchions à chaque minute, ne faisait aucune manoeuvre; le plus grand silence régnait à son bord: on aurait dit, à quelques embardées qu'il faisait, que tout son monde dormait, et que le vent seul, en soufflant dans ses voiles orientées au plus près, lui faisait suivre sa route. Le capitaine pirate ne se tenait pas de joie; il se frottait les mains, et recommandait à ses gens, en retenant son haleine, de faire silence; il voulait qu'on sautât à bord comme pour faire une niche à l'équipage, qu'on se proposait de massacrer. Mais, au moment où le bout du beaupré allait s'engager dans la hanche du brick, car c'était un grand brick, un cri terrible de *Feu partout!* se fait entendre dans un porte-voix, et tout tombe sur le pont du corsaire, au milieu d'un nuage de feu qui nous couvre tous, comme si notre navire avait disparu dans le cratère d'un volcan. La détonnation de cette volée à bout portant avait été si forte, que personne, je crois, ne l'avait entendue. Ce ne fut que quelques minutes après cette épouvantable commotion, que nos oreilles purent distinguer le bruit de la mer qui venait battre encore tranquillement notre navire démâté et percé d'une demi-douzaine de boulets. Nos yeux en vain se portaient avec effroi autour de nous; le brick avait disparu. On ne pouvait faire un pas sur le pont sans glisser dans le sang au moindre roulis, ou sans faire crier un mourant sous ses pieds. Le gaillard d'avant était jonché de cadavres. On allume des fanaux; on cherche le capitaine qui, au moment de la volée, était monté sur le bastingage; on ne le retrouve plus; on ouvre les panneaux de la cale, elle était remplie d'eau. Tous les hommes, bien portants ou non, sautent aux pompes, qu'on ne peut franchir. *Nous coulons!* crie un officier: *embarquons-nous dans la chaloupe et les canots, sans perdre de temps*; et aussitôt on frappe les caliornes sur la chaloupe pour la mettre à la mer; mais, quand les embarcations sont amenées, chacun s'y jette avec fureur: les premiers embarqués défendent leurs places contre ceux qui veulent s'en emparer, et empêcher les canots de déborder sans eux. Les poignards brillent dans les mains des pirates; le carnage recommence; et, sur le pont et le long du bord du navire qui va couler dans quelques minutes, se livre un combat affreux. La chaloupe pousse enfin du bord, chargée de ceux qui sont parvenus à massacrer les assaillants qui voulaient s'y établir après eux. Décidé à périr ou à ne me sauver que dans cette embarcation, je saisis la boîte qui renfermait un des compas de l'habitacle, et je me jette à l'eau; je nage avec mon fardeau vers la chaloupe, qui bordait deux ou trois avirons pour s'éloigner du corsaire. Un des forbans, voyant que j'élevais quelque chose au-dessus des flots, me présente la pelle d'un aviron, pour m'aider à monter à bord. Ils aperçoivent un compas, et me reconnaissent: pensant que la boussole, dont ils avaient oublié de se munir, pourrait diriger la route mieux qu'ils n'étaient capables de le faire, ils me reçoivent au milieu d'eux. Un mât de misaine et sa voile avaient été amarrés sur les bancs de l'embarcation. On s'oriente, et nous faisons route le cap à terre. J'indique l'aire de vent à suivre; et, sans vivres, sans aucun espoir de recevoir des secours sur la côte que nous aborderions, nous nous éloignons du navire, que des efforts bien entendus auraient pu long-temps encore tenir à flot. Le jour enfin vint éclairer une des scènes les plus affreuses que j'aie vues. Qu'on se figure une vingtaine de brigands entassés dans un canot de vingt-cinq pieds, les uns la figure barbouillée de sang, à moitié endormis sous les bancs, les autres essuyant le sang qui coulait des blessures qu'ils avaient reçues en poignardant leurs camarades, et les misérables parlant encore avec une féroce satisfaction de leurs exploits et de la victoire qu'ils avaient remportée! Aucun regret n'échappait de leur bouche; aucune crainte ne se lisait encore sur leurs visages effroyables. Ils parlaient presque en riant de la nécessité de se partager les membres du premier qui succomberait, si nous ne pouvions gagner la terre avant que la faim ne les tourmentât. Le ciel ne permit pas que ce festin si digne d'eux leur fût présenté. Un navire dont les voiles blanches se montraient à l'horizon, vint frapper nos yeux: cette vue me fit tressaillir de joie. Placé à la barre, mon premier mouvement fut de gouverner de manière à nous en approcher; mais je pensai payer cher ce mouvement irréfléchi. «Tu parais avoir bien envie de nous faire pendre au bout de la grande vergue de ce bâtiment, me dit un des pirates.—Il ne nous aura peut-être que trop vite, ajouta un autre. Tâchons d'avoir la terre: un banc de sable vaut mieux pour nous qu'un bout de planche où il y a un pavillon anglais ou américain.—Mais, répondis-je aussitôt, croyez-vous que si nous étions sauvés par un navire, je passerais moins que vous pour avoir fait la course?—C'est vrai, dit un pirate; il serait pendu aussi au bout d'un cartahut, comme un vrai brave. Amenons notre misaine, pour n'être pas aperçus de ce chien de navire, qui grossit à vue d'oeil.—C'est ma foi trop vrai, qu'il grossit: il n'y a qu'un moment qu'on ne lui voyait que les perroquets, et à présent on distingue ses basses-voiles. Nous sommes gobés!—Dites-donc, les enfants, reprit un autre, si ça pouvait être un ship marchand, un bon enfant de navire bien chargé, avec dix hommes d'équipage, est-ce que nous ne sauterions pas bien à bord encore en jouant de la pointe?» Et les forbans agitaient leurs poignards en signe de joie. «—Tiens, ma poudre n'est pas mouillée, à moi; j'ai deux coups de pistolet à envoyer au premier venu.—Ah! il serait bon, ce navire, s'il voulait nous recevoir comme de pauvres malheureux naufragés, et si nous sautions à bord pour prendre la place de ces parias et leur faire faire un plongeon!—C'est un brick! crie un forban: il est gros.—Tant mieux! il y en aura plus à la part. Dans un quart-d'heure il sera sur nous, ou peut-être nous serons sur lui; et en avant les fourchettes!—Oui, en avant les fourchettes! s'écrièrent-ils tous, en menaçant de leurs poignards, encore tout sanglants, le navire qui s'avançait.»

Le brick ne tarda pas à apercevoir notre frêle embarcation, qui se cachait souvent entre deux lames. Une oloffée qu'il fit m'indiqua bientôt qu'il gouvernait sur nous. Quand nous pûmes distinguer son bois, nous remarquâmes qu'il était très-allongé, et que sa mâture, séparée par un grand intervalle, pouvait être celle d'un bâtiment de guerre. Une large batterie jaune, régulièrement coupée par des sabords très-hauts, ne nous laissa bientôt plus aucun doute sur l'espèce de navire auquel nous allions avoir affaire: il fallut se résigner. Les pirates devinrent silencieux; car rien n'impose plus à ces brigands de mer que la vue d'un bâtiment très-supérieur en force.

Après avoir amené ses perroquets et cargué ses basses-voiles, le brick masqua son grand hunier: cette manoeuvre se fit au bruit d'un sifflet que je crus reconnaître pour celui d'un maître d'équipage français. En nous accostant, deux hommes nous jetèrent une amarre, qu'il fallut bien prendre. On nous ordonna de monter à bord; mais tous les pirates avaient déjà jeté leurs poignards et leurs pistolets à la mer. Ils avaient eu soin même de se laver la figure, du sang dont ils étaient barbouillés, et qui avait eu le temps de sécher sur leurs vilains visages.

Le commandant du brick m'interrogea, après m'avoir entendu prononcer quelques mots de français. Je lui racontai brièvement mon aventure, en ne désignant toutefois le navire-pirate, que sous le nom de négrier espagnol. Je voulais épargner la vie de ces misérables, qui m'avaient accordé l'hospitalité en me recevant dans leur chaloupe. Ma réserve, quant à eux, fut inutile, comme on va le voir.

«Qu'est devenu le trois-mâts négrier auquel, dites-vous, appartenaient ces hommes? me demanda le lieutenant de vaisseau commandant le brick français.

—Commandant, il a coulé sous nos pieds, par suite d'une voie d'eau qui s'est déclarée subitement.

—Cette voie d'eau n'aurait-elle pas été faite par des boulets de vingt-quatre, reçus hier par le trois-mâts, à onze heures du soir, à bout portant?» A ces mots, je jetai les yeux sur les seize caronades de 24 du brick, que le commandant fixait en m'adressant cette question, et je ne doutai plus que ce ne fût le brick même qui nous avait si bien mitraillés. Je pris le parti de convenir de tout.

«Oui, commandant; je suis forcé de l'avouer, c'est vous qui nous avez coulés; jamais volée de navire n'a porté aussi bien: tout le gréement et la mâture basse, criblés par votre mitraille, sont tombés sur nous à l'instant même où votre fusillade et vos caronades de l'avant, sans doute, nous ont percés de part en part. Le navire n'a pas resté une heure sur l'eau, après cet engagement terrible. Si vous aviez voulu sauver l'équipage, cinquante hommes, peut-être, ne seraient pas revenus des cent quarante marins qu'il y avait à bord.

—Sauver ces misérables! Non: on ne peut pas les pendre comme ils le méritent; mais on les coule, on passe par-dessus et on continue sa route. Croyez-vous que je ne fusse pas depuis long-temps sur la piste de ce gueux de trois-mâts pirate? C'était *Raphaël de Règle* qui le commandait. Il vous a pris avec trois cents esclaves, vous qui étiez sur *la Louise*. Vous ne m'avez pas l'air de valoir grand'chose; mais, du moins, vous n'êtes pas un forban: allez demander à déjeûner à la cambuse.—Qu'on lui donne un hamac, et qu'il se couche. Quant à cette vingtaine de pirates, qu'on appelle le capitaine d'armes, et qu'il les mette aux fers. En arrivant au Sénégal, on leur apprendra à venir comme des imbéciles attaquer la nuit un brick de guerre, où ils croyaient ne trouver que trois hommes de quart endormis sur les cages à poules.»

Quelque temps après m'être couché dans le hamac où m'avait permis de reposer le commandant, je m'éveillai au bruit que les pas de l'équipage faisaient sur le pont en manoeuvrant. C'était le brick de guerre qui passait entre les débris du corsaire, à l'endroit même où celui-ci avait coulé. Quelques avirons, des morceaux de pavois, des planches et des bouts de mâture flottaient çà et là; mais pas un seul homme ne paraissait à la surface des vagues, qui avaient tout englouti. Les regards des gens de l'équipage se promenaient avec curiosité et avidité même autour du bord: pas une expression de pitié ne se mêlait aux observations qu'ils se faisaient à voix basse, pour interrompre le moins possible le silence de cette scène imposante. Le commandant ordonnait froidement la manoeuvre, que les officiers faisaient exécuter sans paraître attacher une grande importance aux suites terribles de l'engagement de la nuit. Une heure après avoir abandonné les parages où surnageaient les débris du trois-mâts pirate, les matelots chantonnaient des airs de bord, sur le gaillard d'avant, en se promettant d'autres combats avant d'arriver à Gorée, lieu de station du brick.

III.

La Licorne de mer.

La licorne de mer est un de ces monstres marins que l'on croirait inventés par l'imagination des navigateurs, si plusieurs faits n'étaient venus en attester l'existence. Personne ne l'a vue encore, et jusqu'ici des conjectures seules ont pu faire supposer sa forme; mais, malgré le vague des probabilités que l'on a réunies sur l'identité de ce cétacée, il est des circonstances qui, si elles ne font pas deviner sa structure, prouvent du moins la réalité de son existence, et le danger que ses attaques peuvent faire courir aux marins. Nous allons, au reste, citer ici quelques faits dont personne ne nous contestera l'authenticité.

En 1827, le navire *le Robuste*, de Bordeaux, fut vendu au port du Hâvre, et le constructeur qui se trouva chargé de faire le radoub dont ce navire avait besoin, remarqua avec surprise, dans un des bordages du bâtiment, un bout de corne qui avait transpercé un des bordages de l'arrière, à quelques pieds au-dessous de la flottaison.

Le Robuste est un navire qui a été construit dans l'Inde avec ce bois de *tec*, dont la consistance est telle, qu'il peut être rangé parmi ces ligneux que leur dureté a fait désigner sous le nom de *bois de fer*. Cette corne, trouvée d'une manière aussi étrange, fut examinée avec attention comme on peut le croire: sa forme était celle de l'extrémité d'une dent d'éléphant, et sa substance paraissait être la même que celle de cette matière osseuse que l'on nomme ivoire de baleine. Le capitaine *du Robuste*, à qui on fit part de cette découverte, n'en parut pas surpris; et il expliqua ce fait de la manière suivante: «Une nuit, dit-il, où le navire filait avec un fort beau temps sept à huit noeuds dans les parages du cap Horn, il fut réveillé par un choc si violent, qu'il crut que le bâtiment venait de se défoncer sur un récif. Monté précipitamment sur le pont, il demande aux hommes qui étaient de quart, et qu'il trouve tout interdits, ce qu'ils ont ressenti: ceux-ci répondent qu'ils ont éprouvé une secousse qui leur fait croire que le navire a touché. On saute aux pompes, on les sonde, et on ne trouve pas une goutte d'eau dans la cale; la vitesse du bâtiment même n'avait pas été interrompue, et le capitaine savait parfaitement qu'il n'y avait ni récifs ni fond dans les parages où il se trouvait. Personne ne put deviner quelle cause avait pu produire la secousse qu'on avait ressentie, et qui était venue du côté de tribord par l'arrière, c'est-à-dire dans le sens de la vitesse du navire. Si ce choc avait eu lieu sur l'avant, on aurait pu penser que la rencontre de quelques débris de mâture l'eût occasioné; mais il devenait impossible de s'expliquer comment une épave à moitié coulée eût pu heurter le bâtiment par l'arrière, alors qu'il filait sept à huit noeuds. Comme, après cet accident, *le Robuste* ne faisait pas plus d'eau qu'auparavant, on cessa bientôt de craindre des avaries; et quelques vieux matelots attribuèrent cette secousse à l'attaque de quelque licorne de mer, animal dont la tradition leur avait déjà donné l'idée.»

Le Robuste continua son voyage; il allait au Pérou, et il effectua cette longue campagne, et plusieurs autres ensuite, sans qu'on eût besoin de le réparer. Ce n'a été que lorsqu'il a éprouvé le besoin d'être radoubé, que le bout de corne dont nous avons parlé a été trouvé dans son bordage par le constructeur (M. Fouache), qui a conservé cette substance comme quelque chose d'extraordinaire et de probant. C'était bien, en effet, dans la partie où le choc s'était fait éprouver que le bout de corne s'est trouvé. Il était brisé au ras du bordage, de manière à faire penser que le cétacée qui l'y avait planté avec tant de violence, l'avait rompu pour se dégager de dessous la partie du navire où il s'était pris comme dans un piége.

Mais ce fait, s'il avait été observé dans une seule circonstance, pourrait laisser encore des doutes sur l'existence de ce qu'on appelle la *licorne de mer*. Un autre exemple, qu'un navire de notre port nous fournira, va venir ajouter un nouveau degré d'évidence à nos conjectures. Le trois-mâts *l'Olinda*, du Hâvre, en se rendant à Rio-Janeiro, se trouva heurté violemment près des côtes du Brésil, de la même manière que l'avait été *le Robuste*. Le navire, lors de cet accident, filait neuf noeuds; la secousse fut terrible, et ne causa cependant aucune avarie apparente. On observa, dans le moment de l'impulsion donnée au navire par le choc, que sa vitesse avait augmenté, pendant quelques secondes, de manière à faire sauter l'eau à bord sur l'avant. *L'Olinda* fit son voyage, et je crois même plusieurs autres traversées, sans faire plus d'eau qu'à l'ordinaire. Mais en réparant le navire, le constructeur même qui avait suivi le radoub *du Robuste* rencontra dans le bordage de l'arrière de *l'Olinda*, un bout de défense pareil à celui qu'il avait fait arracher, quelque temps auparavant, sous la flottaison du premier navire. Si malheureusement les cétacées qui avaient traversé le bordage de ces deux bâtiments étaient parvenus à retirer la défense qu'ils y avaient enfoncée, les navires auraient coulé quelques heures après; car jamais le jeu des pompes n'aurait suffi à jeter l'eau qui serait entrée par un trou de près de deux pouces de diamètre. *Le Robuste* navigue maintenant pour le Hâvre sous le nom de *l'Indus*, et *l'Olinda* fait encore dans notre port les voyages du Brésil. Les faits que nous rapportons dans cet article sont à la connaissance de tout le monde, et chacun peut les vérifier et interroger même le constructeur dont nous parlons, et qui occupe un des premiers rangs de sa honorable profession.

J'ai souvent entendu dire au brave et malheureux capitaine Girette qu'un jour, après avoir dépassé les Açores, en se rendant à la Martinique sur le trois-mâts l'*Activité*, lui et ses officiers éprouvèrent un choc si violent dans la chambre où ils étaient à dîner, que tout ce qui se trouvait sur la table fut renversé. Dans les parages où il se trouvait alors, il n'y avait ni fond, ni rochers. La secousse était venue de l'arrière, et le navire, qui depuis a porté le nom de *Manlius*, n'a pas plus laissé apercevoir de dommages que *le Robuste* et *l'Olinda*; mais, pour cette fois, on n'a pas trouvé dans le bordage l'indice qui avait expliqué les chocs qu'on avait éprouvés à bord des deux premiers trois-mâts.

IV.

Naufrage sur la côte de Plouguerneau.

—Vois-tu, Jobic, ce grand navire qui dérive avec le courant et le vent, sur la côte? Ne semble-t-il pas que ce soit la Providence qui nous l'amène? Ce trois-mâts va bientôt se perdre, s'il plaît à Dieu! Il a venté dur cette nuit, et nous aurons des débris à ramasser avant peu.

—Écoute donc, Bihan, si nous allions avec notre bateau à bord de ce bâtiment égaré, pour le piloter en dedans des basses! C'est que je connais un bon mouillage, oui, à terre du grand banc qui brise là au large. Peut-être nous donneraient-ils quelque chose de bon à bord de ce navire, pour leur avoir sauvé la vie.

—Ah oui! tais-toi donc! Il y a deux semaines que j'ai voulu faire ça dans mon petit bateau, pour un brick anglais qui s'était affalé sous Pontusval. J'étais tranquillement à pêcher du *lieu* au large avec ma femme et sa cousine. Le poisson ne mordait pas, et j'avais dit pourtant cinq bons *pater* et autant d'*ave*, avant de jeter ma ligne à l'eau. Je n'étais pas content, non, et il aurait fallu s'approcher bien près de ma figure, pour me voir rire, je t'assure. Mais voilà que tout-à-coup j'aperçois, en levant ma tête, un navire qui barbotait dans les lames, et qui s'en venait *au plein*. Tu sens bien qu'aussitôt me voilà à rentrer mes lignes, à lever mon grapin et à courir sur le bâtiment à *toc de voiles*. Quand je montai à bord, les voilà tous à m'embrasser, en anglais, je crois, car ils ne m'avaient pas l'air de parler français. Le capitaine savait qu'il allait se perdre.... Par signes, je finis par lui faire entendre la manoeuvre qu'il fallait faire pour se parer de la côte, et me voilà à remettre le bâtiment en bonne route.... Combien penses-tu qu'ils m'aient donné pour mon lamanage, et pour les avoir sauvés de la mort, ces mauvais hommes-là [2]?

— C'étaient des Anglais, dis-tu?

— Oui, des Anglais, car ils avaient des figures bien rouges, et ils parlaient de la gorge.

— Ils t'ont donné.... Vous étiez à trois dans ton petit bateau, à ce que tu m'as dit, n'est-ce pas?

— Oui, à trois, moi un, ma femme deux, et sa cousine trois.

— Ils t'auront donné.... Combien de temps as-tu passé à bord?

— J'ai passé une demi-heure, une heure peut-être, ou deux ou trois heures, tout au plus. Mais dis-moi donc combien tu crois qu'ils m'ont donné?

— Vingt, vingt-cinq, trente écus, peut-être, que je pense, selon mon idée!

— Allons donc! Une ou deux livres de viande salée, mon ami, et une bouteille ou deux d'eau-de-vie qui avait bon goût, mais qui ne se sentait pas passer au gosier.

— Deux livres de viande et deux bouteilles d'eau-de-vie! Pas davantage?

— Pas davantage! Après cela, sauvez donc la vie à des hommes!

— Et ils ne t'ont pas seulement donné un peu d'argent?

— Pas ce qui te ferait mal à l'oeil en argent. Seulement, le capitaine m'a mis dans la main trois petites pièces en or, mais si petites, si petites, que je n'y pensais seulement plus en te parlant.

—En ce cas, il ne faut pas sauver ce gros bâtiment qui dérive sur la côte en grand. On a meilleur profit à ramasser les hommes une fois morts sur le bord de la grève, qu'à leur sauver la vie en risquant de se noyer. Deux livres de viande! est-il possible!

—Oui, deux livres de viande salée encore.

—Deux bouteilles d'eau-de-vie qui ne rabotait pas le gosier!

—Oui, deux bouteilles d'eau-de-vie toute douce comme du ratafia des quatre-fruits [3].

—Et trois petites pièces d'or qui valaient peut-être trente écus!

—Pas plus?

—Les coquins! Il faut les laisser se noyer, parce qu'après, vois-tu bien, on a les débris du bâtiment et de la cargaison; au lieu qu'en sauvant le bâtiment, on n'a rien, et on le voit s'éloigner au large en se moquant de nous.... Oh! comme le vent souffle! Entends-tu comme la tempête hurle, et comme la mer crie.... C'est la sainte Vierge Marie, mère de Dieu, qui fait ce *coup de temps* tout justement pour nous.»

Le bâtiment qu'avaient aperçu nos deux pêcheurs de Plouguerneau, luttait en effet contre la tempête, et luttait sans espoir de salut. Chacune des voiles qu'il présentait à la violence du vent pour essayer de s'élever de la côte, était enlevée en mille pièces par la bourrasque furieuse. Poussé par la masse énorme des lames qui le heurtent en travers, il dérive en roulant vers le rivage semé d'écueils et blanchi par l'écume des vagues, qui mugissent sur le sable soulevé. Il mouille ses ancres sur le fond, qu'elles labourent en cédant à l'effort des câbles.... Efforts inutiles; le bâtiment va périr: son équipage nombreux se presse sur le pont, monte dans les cordages, au haut des mâts, que la mer couvre déjà, que le vent plie comme de frêles peupliers sur la lisière d'une forêt. Les malheureux naufragés lèvent les mains au ciel, confondent leurs cris de terreur ou de désespoir.... A terre, c'est un autre spectacle: de barbares paysans, la joie dans les yeux, l'espoir dans tous les gestes, l'impatience dans tous les mouvements, attendent que la mer courroucée apporte à leurs pieds les fruits du naufrage. Pendant que les matelots du navire et les passagers les implorent comme des anges sauveurs, ils leur tendent les bras, mais pour les saisir, les attirer à eux et les dépouiller.

A chaque cri de terreur que poussent les naufragés, les pêcheurs du rivage répondent par un rugissement d'allégresse.... La tempête est la plus forte, et les voeux de la cruauté sont seuls exaucés: le navire disparaît dans une rafale épouvantable, sous les montagnes d'eau qui mugissent en se roulant les unes sur les autres, comme pour submerger la terre sur laquelle elles viennent se briser avec un horrible fracas....

La rafale a passé comme un coup de foudre: une *acalmie* lui succède.... Quelques têtes d'hommes et de femmes se montrent au-dessus des flots palpitants; des débris surnagent. C'est sur ces débris que se porte d'abord l'avidité des paysans. Ils les halent à terre, en se jouant avec les lames furieuses auxquelles ils disputent les restes du naufrage. Puis après, c'est sur les naufragés qu'ils nagent, non pour les secourir, mais pour en faire une proie et se les partager. Aussi, voyez avec quelle curiosité ils regardent ces matelots et ces passagers tremblants, qu'ils attirent sur le rivage! Pendant que ceux-ci remercient les riverains à qui ils croient devoir la vie, les paysans ne cherchent qu'à arracher la montre qu'ils aperçoivent à la ceinture de leurs hôtes, ou la bague qui brille à leurs doigts engourdis. Les naufragés pleurent d'attendrissement; les paysans sourient d'un affreux espoir. Il y a des femmes dans les naufragés sauvés. Mais il y a des femmes aussi dans les habitants du rivage, et celles-ci sont impitoyables. L'une d'elles va jusqu'à briser avec ses dents la bague qu'elle n'a pu ôter au doigt gonflé de la femme du malheureux capitaine, étendu mort sur la grève qui regorge déjà de cadavres.

Le temps cependant s'apaise. Les hommes et les femmes échappés à la tempête, restent pendant la nuit à demi nus, sur la plage inhospitalière où la cupidité les a accueillis avec tant d'inhumanité. Des feux allumés par les paysans, pour éclairer les travaux du sauvetage, servent à réchauffer les membres glacés des naufragés. Les cris de joie des pêcheurs de Plouguerneau se mêlent aux lamentations de leurs victimes, toutes les fois qu'ils parviennent à tirer à sec une épave du navire, ou une caisse de marchandises que leur apporte la mer moins agitée. Le jour se fait bientôt: le temps est devenu moins menaçant; le ciel, qui quelques heures auparavant vomissait la tempête et la foudre, a repris sa sérénité, et il semblerait sourire à la nature, si les débris d'un navire et les cadavres de quelques naufragés n'étaient pas là pour attester les malheurs de la veille et le délire récent des éléments.

Avec le jour, un bâtiment de guerre rôdant sur la côte, est venu mouiller sur le lieu de l'événement, pour s'opposer à la fureur trop connue des habitants de la côte après tous les naufrages. Les postes voisins de douane accourent aussi. Chaque matelot de l'État, chaque préposé des douanes, dispute aux habitants du rivage la proie qu'ils veulent arracher à la mort même. L'ordre se rétablit: l'humanité veille à côté de la cupidité; la générosité succède à la violence et à l'endurcissement. Mais les paysans, repoussés dans leurs cahuttes, s'assemblent pour concerter pendant la nuit une attaque contre la force armée, et pour tâcher encore de ravir aux hommes de l'État, les lambeaux du navire et de la cargaison que protégent l'honneur et la force.

Il y a quarante-cinq ans à peu près que ce triste événement se passa sur la côte de Plouguerneau. Depuis ce temps, toute une révolution a passé sur les moeurs des habitants de ces sauvages contrées, et ces moeurs se sont adoucies à la lueur des lumières qui ont pénétré jusque dans les cantons les plus ignorés. Aujourd'hui peut-être, on ne prodigue pas encore aux naufragés, sur cette côte aride, les soins que réclame le malheur; mais du moins on ne dépouille plus de leurs humides vêtements, les infortunés que la mer furieuse jette à moitié morts sur ces plages d'airain. Oh! que la civilisation est belle, même quand elle n'inspire pas toutes les vertus! C'est elle qui émousse la férocité de la barbarie, et qui finit par neutraliser jusqu'à la plus stupide cruauté.

QUATRIÈME PARTIE.

Moeurs des Gens de Mer.

I.

La Prière des Forbans.

Un capitaine français, de mes amis, fut pris, à peu de distance des Iles du Cap-Vert, par un pirate qui croisait dans ces parages. Le navire capturé n'offrit aux corsaires qui en visitaient la cale, que quelques marchandises avariées par la grande quantité d'eau que faisait depuis long-temps le bâtiment. L'équipage, poussé et enfermé dans la chambre, avait averti en vain les forbans que s'ils ne pompaient pas activement, le navire finirait par couler bas sous leurs pieds. Ceux-ci, plus occupés à transporter à bord de leur brick-goëlette ce qui leur convenait dans la cargaison, qu'à franchir les pompes, ne tinrent aucun compte de l'avis de l'équipage; et ce ne fut que vers la nuit qu'ils s'aperçurent que leur prise était remplie à moitié de l'eau qu'on avait négligé de pomper. Force fut alors pour eux de lâcher leur proie. Le capitaine français et ses matelots, une fois débarrassés de la présence des corsaires, sautèrent aux pompes, qu'ils ne quittèrent pas de la nuit; mais ils ne purent parvenir à les franchir; et, vers le jour, ils résolurent d'abandonner le bâtiment et de se sauver dans les embarcations. Toutes les dispositions convenables furent faites pour exécuter cette résolution. Deux canots approvisionnés de tout ce qui était indispensable s'éloignèrent à force de rames du bâtiment, qu'ils abandonnaient à moitié sombré; mais à peine avaient-ils fait quelque peu de route, qu'ils aperçurent avec le jour naissant le navire-pirate, que le calme plat de la nuit avait empêché de s'éloigner. Aussitôt que celui-ci eut connaissance des deux canots, il leur envoya un coup de caronade pour les contraindre à venir à lui. Les embarcations, forcées d'obéir à un ordre aussi irrésistible, abordèrent le corsaire. Le capitaine qui le commandait était un Espagnol. En peu de mots, il fit comprendre au capitaine français qu'après l'avoir pillé, il n'entendait pas l'exposer a être noyé, et qu'il lui accordait asile à bord de son corsaire, à condition que lui et son équipage s'emploieraient du mieux possible jusqu'à ce qu'on pût les mettre sur le premier navire qu'on rencontrerait; et, pour commencer à les rendre utiles, on fit prendre la barre au capitaine français, et on ordonna aux matelots de laver le pont du navire, pendant que les gens de l'équipage du corsaire s'occupaient à d'autres travaux.

Quelques jours se passèrent sans événements. On faisait route vers le cap Sainte-Marie: pendant que les pirates s'enivraient de l'eau-de-vie qu'ils avaient trouvée à bord de leur prise, ils donnaient la barre à un des matelots français, et un officier aussi peu attentif que les autres à la manoeuvre fumait gravement en regardant de temps en temps le compas sur lequel on gouvernait en route. Une nuit, pendant que l'on relevait le quart qui avait veillé jusqu'à minuit, on aperçut le feu d'un navire. Le capitaine forban fut réveillé: on tint conseil; il fut décidé qu'on prendrait chasse par prudence jusqu'à ce que le jour permît d'observer le navire en vue. On crut remarquer bientôt que le feu que l'on avait relevé restait à la même distance, quoique le corsaire fît route pour s'en éloigner, et cela fit supposer que le bâtiment qui le portait avait vu la goëlette, et qu'il la chassait.

Les pirates passent aisément de la témérité à la peur: ils ont trop de conscience du sort qui les attend pour ne pas s'exagérer quelquefois l'imminence des dangers qu'ils entrevoient, et ils conservent difficilement leur sang-froid dans les circonstances où d'autres marins ne perdraient pas leur calme ordinaire. Le jour se fit, et ses premiers rayons laissèrent bientôt à nos corsaires le loisir de reconnaître le navire en vue: c'était un brick de guerre, que l'on supposa appartenir à la station française du Sénégal. Il marchait bien; et quoique la brise fût devenue forte, il était couvert de toile. Le corsaire ne tarda pas à faire aussi de la voile et à orienter au plus près, allure favorable pour une goëlette. La mer devenant grosse, et le navire, filant sept à huit noeuds de bout à la lame, passait dans chacune des vagues qui le couvraient de l'avant à l'arrière. Le bâton de foc allait être rompu dans les coups du plus violent tangage. Le capitaine ordonna de rentrer le grand foc; deux matelots sautèrent à l'instant sur le beaupré, mais à peine amenait-on la voile, qu'un des bouts de l'écoute enleva en fouettant avec force, un de ces hommes, qui fut jeté à trois ou quatre brasses du bord: il élevait son bras droit sur les flots pour faire signe qu'on le sauvât: on lui jeta plusieurs bouts de planche; mais il fut impossible de songer à le secourir autrement; il disparut dans une lame en jettant un cri qui fut entendu de tout l'équipage. La mort soudaine de cet homme, dans une circonstance si critique, parut produire sur le capitaine espagnol, monté sur le dôme de la chambre, une impression des plus vives: «*Amigos!*» s'écria-t-il, «*ne somos perros; roguemos por el alma del pobre Simfroniano!* (Amis, nous ne sommes pas des chiens; prions pour l'âme du pauvre Simphronien). Aussitôt tous les pirates imitèrent le geste de leur capitaine, mirent leur bonnet rouge à la main, et psalmodièrent une prière rapide en tournant les yeux sur la vague qui venait d'engloutir leur camarade. «Jamais, m'a dit le capitaine français, il n'éprouva une impression semblable à celle que lui causa la vue de tous ces pirates armés de poignards, couverts presque de sang, et prenant l'attitude respectueuse et expressive de gens livrés à la prière....» Le brick français approchait cependant: déjà on distinguait sur son avant une partie de son équipage qui se disposait à combattre. Arrivé à une portée de fusil, dans l'embellie d'une lame, il fit feu de deux caronades, dont la mitraille perça les voiles du corsaire, qui se disposait à riposter tant bien que mal. La fusillade commença: plusieurs hommes furent atteints, et le capitaine espagnol, frappé à mort sur son bastingage, avait déjà crié d'amener, lorsque le petit mât de hune du brick, trop forcé par les voiles qu'il portait, se rompit et laissa le corsaire fuir sous sa volée. Au craquement que fit entendre le mât en tombant, la joie la plus vive éclata parmi les pirates, qui tous se mirent à pousser un houra et à s'agenouiller, le bonnet à la main, en signe d'actions de grâces. Le soir on ne voyait plus le brick, qui travaillait à réparer ses avaries. Dans le moment de sécurité qui succéda à cette journée d'agitation, tous les pirates, recueillis dans leur joie, attribuèrent le bonheur qu'ils avaient eu d'échapper au brick croiseur, à la ferveur de leur prière. Pendant toute la nuit, ils s'enivrèrent en réjouissance de l'efficacité de leur acte de contrition.

Un bâtiment marchand fut aperçu par le pirate deux jours après la chasse qu'il avait reçue du brick français, que l'on a su depuis être *le Cuirassier*. Le corsaire pilla le navire qu'il venait de rencontrer, et mit à bord de la prise, qu'il renvoya, le capitaine français et son équipage, qui furent débarqués à Gorée. «Jamais, m'a répété plusieurs fois ce capitaine, en me rappelant sa captivité à bord du corsaire, je n'oublierai la prière des forbans.»

II.

Le voeu de deux Matelots.

L'incrédulité afflige quelquefois chez les gens instruits; chez les hommes grossiers, elle effraie. Les uns, à défaut de croyance et de religion, peuvent avoir des principes, et la morale publique se trouve au moins rassurée de ce côté; mais chez les autres, toutes les passions s'élancent sans frein, et leur brutalité, qui ne cherche que l'occasion de s'assouvir, en rencontre malheureusement la facilité.

On parle beaucoup de la superstition des matelots et de ces voeux puérils que la peur leur arrache souvent dans les moments de danger. Mais on aurait tort de croire, sur les rapports qui ont accrédité l'opinion de la faiblesse que les marins montrent quelquefois en présence du péril, que le plus grand nombre d'entre eux sont portés à faire des voeux au moindre événement qui menace leur vie. Presque tous, au contraire, rejettent au milieu des dangers toute espèce d'acte timide qui aurait pour objet d'appeler sur eux le secours de la Providence. Un mot plaisant, une saillie impie, une bravade gaie, s'échappe quelquefois de la bouche du matelot qui ne voit devant lui qu'une mort certaine, et qui la brave avec ironie, comme s'il ne s'agissait que de se donner une volée de coups de poing avec elle, ou de la déconcerter par une fanfaronnade.

En 1826, un navire que je commandais se trouva assailli, un jour après son départ de la Martinique, par le terrible ouragan qui renversa la Basse-Terre. Sur vingt-un hommes dont se composait l'équipage, quatorze languissaient dans leurs cabanes, attaqués par la fièvre jaune, qui, cette année, avait désolé les Antilles. Ce fut avec une peine extrême qu'avant la tempête, nous pûmes réussir à serrer, tant bien que mal, les voiles dont nous voulions nous débarrasser. Quand le vent, devenant très-fort, ne nous eut plus laissé de doutes sur les dangers qui nous menaçaient, une circonstance vint encore ajouter à notre embarras: le grand foc, serré sur son bâton, se déferla; et, par l'effet du vent qui fit courir ses bagues sur la draie, il se trouva hissé; la toile était neuve et forte, et elle battait avec une violence telle, qu'à chaque instant le bâton de foc paraissait vouloir casser avec la tête du mât de hune, sur laquelle la draie faisait effort. Ce fut en vain, comme on le pense bien, que nous essayâmes à haler bas cette voile, dont l'effet était d'autant plus dangereux qu'elle faisait arriver le navire, que nous voulions tenir en cape sous son foc d'artimon, le grand hunier ayant été enlevé. J'espérais que le grand foc aurait le même sort; mais, par une fatalité qu'ont éprouvée tous les marins, ce qui devait venir n'arrivait pas; la maudite voile résistait.

Un des matelots, nommé *Lachaussée*, m'ayant entendu exprimer vivement le désir que j'avais que l'amure du foc partît, me proposa d'aller la couper et donner un coup de couteau dans la laize du point. Il y allait de sa vie; je lui dis d'attendre encore: «Non parbleu pas! me dit-il; je sais bien que je ne serai pas pendu cette fois-ci, pour vous désobéir.» Et voilà mon homme, petit, résolu et leste, parti sur l'avant. Un mulâtre de Caïenne, nommé *Franconi*, le matelot de celui-ci, veut le suivre: «Allons, lui dit Lachaussée, allons essayer à boire un coup ensemble sans trinquer!» Ce furent les derniers mots que j'entendis; la force du vent m'empêcha de savoir ce qu'ils y ajoutèrent. Je les vis se serrer la main, s'embrasser, et se cramponner comme des chats, sur le bâton de foc, qui allait se rompre. Trois minutes après, l'amure était coupée, la voile défoncée, mes hommes rentrés à bord, et le bout-dehors de beaupré brisé avec le petit mât de hune. Le navire, revenant alors au vent, se tint en cape. L'ouragan, qui engloutit tant de bâtiments dans cinq à six heures, s'apaisa vers le soir; et le lendemain je rentrai à la Pointe-à-Pître, pour réparer mes avaries, au milieu des débris dont les flots étaient couverts.

Rien ne s'oublie plus vite que les dangers éprouvés à la mer. Quelques heures suffirent pour nous remettre de nos fatigues. Les malades furent conduits mourants à l'hôpital. Le surlendemain de notre arrivée, Lachaussée et Franconi me parurent, en me parlant, avoir une contenance timide: je devinai qu'ils avaient quelque chose à me demander; car il n'est pas difficile de voir sur la figure d'un matelot quand il a quelque chose à solliciter de son chef. La moindre inquiétude lui ôte son air franc et ses manières libres. Je voulus voir venir mes deux champions. L'un d'eux tire enfin son bonnet rouge, s'approche de côté de moi, et me demande deux gourdes à compte sur ses gages. «Que feras-tu de ces dix francs? lui dis-je; as-tu besoin de souliers, de tabac, de chemises, d'un pantalon? — Non, me répondit-il; j'ai de tout cela; mais, voyez-vous, capitaine, je vous demande deux gourdes pour acheter une poule et quatre bouteilles de vin. — Et à propos de quoi une poule? — Ah! voyez-vous, c'est que dans l'ouragan, quand j'ai sauté avec Franconi sur le bout-dehors de beaupré, nous avons fait un voeu. — Et quel voeu, encore? — Le voeu de manger une poule à la première terre!...» Le soir, en effet, la poule fut cuite et mangée par eux, mais par eux seuls. Jamais voeu ne fut plus religieusement rempli.

Curieux de savoir quelle idée Lachaussée, surtout, attachait à son *ex voto*, je lui demandai, quelques jours après que la poule avait été digérée, s'il avait cru faire quelque chose d'agréable à Dieu, en lui promettant le sacrifice de dix francs. «Mais, d'abord, j'ai pensé à m'être agréable à moi, me dit-il.—Tu ne crois donc à rien, lui demandai-je encore?—Pardon, capitaine; je crois à mon ventre, quand j'ai envie de manger un poulet.»

Dans une autre circonstance, où le même matelot entendait dire à l'un de ses camarades: «Dieu veuille que le temps change!» je l'entendis répondre avec ironie à celui-ci: «Crois-tu que, s'il y avait un Dieu, il y aurait des matelots?» Deux heures après, un coup de mer enlève mon homme, qui revient à bord en se cramponnant à un bout de drisse qu'il saisit sur les porte-haubans. A peine se vit-il sauvé qu'il s'écria, tout couvert d'eau: «Parlez-moi de cela! je n'aurai pas besoin de me mouiller le bout des doigts pour me tuer les puces». Il y avait dans ce matelot de l'incrédulité pour tout un équipage, et on en trouve comme lui à bord de tous les navires.

III.

L'Aspirant de Marine.

Une embarcation s'expédie du bord pour le service. Les canotiers rangés sur leurs avirons, et le patron assis près de son gouvernail, attendent l'aspirant, qui prend les ordres de l'officier de garde. L'aspirant descend dans le canot; les avirons tombent; le brigadier, posté devant, pousse au large avec sa gaffe; on rame vers terre. Pendant le trajet, l'aspirant, assis sur le banc de tribord, n'adresse au patron, placé près de lui, que quelques mots de commandement; mais il n'entame aucune conversation. Les personnes peu familiarisées avec les habitudes du service, seraient étonnées de voir, dans un marin si jeune, et quelquefois échappé à peine à l'enfance, autant de gravité et de sévérité; mais cette attitude calme, cette raideur de caractère, étaient déjà des qualités acquises à l'enfant dont on veut faire un homme de mer. C'est le premier effet de la rigoureuse éducation qu'il a reçue parmi les hommes de sa profession. Avec l'âge, il deviendra imperturbable. Les dangers au milieu desquels il va vivre, ne feront que développer son courage et exercer son sang-froid, la plus précieuse des qualités de l'homme de mer.

L'embarcation arrive à terre. L'aspirant donne ses ordres au patron, tandis qu'il va lui-même remplir sa corvée. S'il rencontre de ses jeunes amis, son front se déride avec eux: il est allégé du poids de son rôle et de la contrainte qu'il s'est un instant imposée comme chef; mais en retournant à son poste, il reprend son air taciturne avec ses inférieurs. Il arrive à bord, et va rendre compte de sa corvée à l'officier qui l'a expédié. Souvent il se fait que le temps passé à terre a excédé celui qui lui avait été assigné; si l'officier lui ordonne, dans ce cas, de se rendre à la fosse-aux-lions, cette injonction est faite sans phrases, sans emportement, et elle est reçue avec résignation, exécutée avec promptitude. On devine, dans cet acte impérieux et cette obéissance passive, tout le secret du service maritime: commander, punir avec calme et obéir sans observation.

Placés entre les officiers et les matelots, pour recevoir les ordres des uns et les faire exécuter aux autres, les aspirants sont presque toujours en butte aux haines et aux sarcasmes de l'équipage. Mais leur énergie, dans un âge d'exaltation et de dévouement, suffit à tout. Souvent on voit ces jeunes officiers punir de leurs propres mains de vieux marins insolents ou maladroits, et ces châtiments, qu'excusent la rigueur et les difficultés de leur position, sont toujours infligés avec un calme et une espèce de supériorité qui imposent aux hommes les plus grossiers et les plus sauvages, ce respect et cette crainte si nécessaires à ceux qui ne semblent destinés qu'à obéir avec résignation, comme des instruments aveugles d'une volonté ferme et intelligente.

Une distance immense sépare le matelot de l'officier, à la mer. On ne reconnaît pas dans cette hiérarchie les rapports qui, dans les armées de terre, rapprochent les soldats de leurs supérieurs. Un caporal, dans une compagnie, peut, avec de l'intelligence, deviner les secrets de l'art militaire qui suffit pour conduire un régiment. A bord d'un vaisseau, il n'y a que les hommes qui ont consacré une partie de leur vie à l'étude des mathématiques, qui puissent conduire le navire. L'équipage ignore le lieu où il se trouve, le point où on va le conduire et les moyens qu'on emploie pour arriver à ce point-là. Cette ignorance fait toute la force et la sécurité des officiers. Trouvez un moyen vulgaire de conduire les navires sur l'Océan, et la discipline des bâtiments de commerce et celle des bâtiments de guerre, deviendra impossible peut-être. Un vaisseau, en cinglant sur les mers, se sépare pour long-temps de toutes les lois qui veillent, à terre, à la conservation de l'ordre social; il devient, sur les flots, une petite république où la force peut opprimer la raison et la justice. Mais le besoin de gagner un port, de trouver un asile où les hommes qui le montent rencontreront des vivres et des secours, enchaîne les plus turbulents à une nécessité sous l'empire de laquelle les caractères les plus impétueux et les plus rebelles sont obligés de se courber.

Les connaissances astronomiques se sont étendues, mais les moyens de l'art nautique, en se multipliant, ont exigé chaque jour aussi des études plus longues et plus sérieuses. Le calcul des longitudes, si nécessaire, est resté aux mains des adeptes de la science. C'est un bienfait de la Providence qui, en permettant que les hommes se risquassent avec succès sur l'immensité des mers, a voulu que ceux qui n'avaient rien à perdre fussent guidés par ceux qui avaient tout à conserver, et l'honneur d'une nation à venger, ou les intérêts de la propriété à faire respecter.

IV.

Les Pilotes.

DIALOGUE ENTRE UN JEUNE ET UN VIEUX PILOTE.

(La scène se passe sur un des quais de l'entrée d'un port de mer.)

Le pilote Filiot.—Vous voyez bien ce temps-là, maître Ladirée, n'est-ce pas? eh bien... je ne vous en dis pas davantage, et vous m'en direz des nouvelles, pas plus tard que demain.

Maître Ladirée.—Pour ce qui est du temps, mon garçon, quand tu voudras m'en apprendre long comme l'petit doigt seulement, il faudra que t'en apprennes long comme eul bras, et ce sera pas encore trop; car, en fait de ça, j'avons un baromètre qu'en sait plus que tous les géomètres du monde.

Le pilote Filiot.—Et queu baromètre avez-vous donc, sans trop vous commander, maître Ladirée?

Maître Ladirée.—C'est z'un baromètre que j'voudrais bien t'revendre au prix qui m'a coûté: une grappe de raisin [4] qui m'est z'entrée dans la cuisse avec d'autres mitrailles d'abord d'un vaisseau anglais au combat de Groais.

Le pilote Filiot.—C'est pas l'embarras, une blessure est une bonne chose pour savoir le temps qui fera.

Maître Ladirée.—Quand le vent a la moindre petite volonté d'anordir, j'parie avec le plus malin de lui dire, vingt-quatre heures à l'avance d'où il en soufflera. Dans le temps où ce que j'pilotais, j'faisais appareiller les navires deux marées avant le revirement de brise, aux premiers élancements de mon genou: quand l'rhumatisme gagnait la cuisse, ils avaient démanché. En temps de guerre, j'aurais fait ma fortune à bord d'un corsaire, avec mon infirmité.

Le pilote Filiot.—Ah! si j'avions encore des corsaires, la navigation serait plus agréable qu'à c't'heure, où il n'y a pas tant seul'ment à gagner d'l'eau à boire à la mer!

Maître Ladirée.—Si, il faut être juste, il y a encore d'l'eau à boire pour tous les vrais matelots; mais la paix a fait bien du tort aux corsaires; mais c'est d'la faute de ceux qu'ont fait les traités.

Le pilote Filiot.—J'crois bien. Si encore ils avaient eu le sens de faire une paix où c'qu'il y aurait eu la permission de faire la course, ils n'auraient pas perdu la marine.

Maître Ladirée.—C'est Décrès qu'a perdu la marine: il a vendu nos vaisseaux à l'Anglais, et il payait les capitaines pour ne pas se battre. L'empereur était un bon homme, qu'avait de bonnes intentions;

mais s'il avait fait pendre tous les commandants et les amiraux, le reste se serait bien battu. Il n'y avait que la potence, quoi, qui pouvait relever la marine. Il fallait voir, au combat du 13 prairial, comme j'nous sommes tapés. C'était pas du Navarin, ça, quand l'vaisseau l'*Vengeur* a coulé comme un plomb pour ne pas laisser couper la ligne; car dans notre temps une ligne coupée, c'était la mort d'une escadre.

Le pilote Filiot.—J'crois qu'à présent, pas moins, si nous avions la guerre avec l's'Anglais, ils ne mangeraient pas tous les jours notre soupe.

Maître Ladirée.—C'est possible; mais quand on veut faire des soldats avec des matelots qu'ont des casques d'pompiers, on risque d'n'avoir plus de matelots où c'qu'on a voulu avoir des matelots et des soldats: c'est z'encore ce coquin de Décrès qu'a voulu faire des hommes à deux usances.

Le pilote Filiot.—L'matelot est fait pour l'épiçoir, et l'soldat pour le fusil: en donnant l'un et l'autre à un homme, il faudrait lui donner en même temps quatre mains. Il n'y a pas de bon sens dans l'embataillonnement des marins, pas plus que dans l'amarinement des soldats. La mer, comme on dit, est au matelot, et la terre au troupier. Chacun sa petite affaire, et tout le monde sera content.

Maître Ladirée.—Comme j'te disais donc tout-à-l'heure, on s'tappait proprement dans mon temps, et avant la révolution. Tiens, par exemple, en 78... oui; car c'est bien en 78 que s'est fait la guerre de 81, n'est-ce pas?

Le pilote Filiot.—Oui, en 78, plus ou moins; mais ça n'fait rien à la chose.

Maître Ladirée.—Eh bien, comme j'te disais donc, en 78, la frégate *la Belle Poule*, que Dieu lui fasse paix et miséricorde! fut z'attaquée par toute une escadre anglaise qu'était z'en pleine paix. Le capitaine français, qu'était pas trop déchiré comme ça, dit z'à son équipage: «Enfants, c'est pas une nation civilisée qui vous attaque; c'est des brigands! et il faut z'en découdre!» Ce qui fut dit fut fait z'effectivement, et après cinq heures de combat z'un peu chaud, *la Belle Poule*, qu'avait criblé et éreinté une frégate de sa force, et qu'avait reçu toute la bordée de la lâche escadre qui l'avait z'attaquée dans le sein de la pleine paix, s'en revint au port, gouvernant comme une petite demoiselle, avec son grand mât de hune coupé z'au raz du chouque et sa poupe défoncée, et faisant de l'eau comme un panier par les trous de boulets qu'elle avait reçus à la flottaison. Elle avait eu dans le combat les deux tiers de ses matelots mis sur les cadres, et tous ses gabiers tués. Il n'y a pas eu de combat plus beau qu'ça; tant plus qu'il y a de monde qu'avale leur gaffe dans une affaire, tant plus l'affaire est belle. Il y avait plaisir alors à se repasser de la mitraille par le visage avec les Anglais. Le bon temps est loin à présent. Mais c'est égal; le nom du capitaine de *la Belle Poule*, que j'ai z'oublié de te réciter, c'est La Clocheterie.

Le Pilote Filiot. — C'est toujours bon à savoir; mais il m'est avis, si je n'ai pas la berlue, que v'là z'un navire qu'entre sans pilote dans les jetées.

Maître Ladirée. — Allons, mon garçon, va vite dans ta pirogue l'aborder, et souplement; car, pilote ou non à bord des navires, il faut que l'pilotage se paie.

Le pilote Filiot. — Attendez, j'l'aurons avant qu'il soit à la tour. Le capitaine, j'le connais; il est malin, et il est pratique; mais j'l'aurai: ces Américains, voyez-vous, ça croit éviter le paiement du pilotage, quand le pilote n'a pas abordé.

Maître Ladirée. — Fais-le payer comme si tu l'avais pris à Barfleur; car, vois-tu, il n'y a que les abus qu'ont perdu notre marine, et il ne faut pas que toi, marin, tu prêtes la main à d'sabus.

V.

Les filets d'abordage.

Nous avons quelquefois eu lieu de parler à nos lecteurs de cet appareil dont les petits bâtiments de guerre s'enveloppent au mouillage, en certaines circonstances critiques. Comme les marins seuls connaissent ce genre de défense, et que nous écrivons surtout nos esquisses maritimes, pour les gens étrangers à la marine, nous allons essayer de donner ici une idée exacte de ce qu'on entend par des filets d'abordage.

Ces filets, dont la maille est à peu près de la largeur de la main, sont faits avec un cordage de la grosseur du petit doigt. Fixés par leur base sur la partie extérieure du bastingage, ils font le tour du navire qu'ils sont destinés à protéger contre les coups de main de l'ennemi. Des montants placés à une certaine distance les uns des autres servent à élever les filets à huit ou dix pieds de haut au-dessus des bastingages, et lorsque ce réseau de cordes est tendu, au moyen des drisses qui le soutiennent, le bâtiment se trouve entouré d'un treillage plus difficile à franchir que les chevaux-de-frise, que l'on élève à terre avec tant de peine et de temps.

C'est là, peut-être, ce que l'on concevrait difficilement sans l'expérience, qui a tant de fois démontré l'excellence des filets d'abordage dans les attaques subites, et contre les coups-de-main les plus hardis.

Mais pour que ces filets puissent remplir complétement le but qu'on se propose en les *gréant* (c'est le mot), il faut que ceux qui les dressent aient soin de ne pas trop les raidir, et de laisser ce qu'on appelle *du mou dedans*. Lorsque les marins des péniches attaquent un navire garanti par ses filets, ils sont ordinairement armés de longues faux, avec lesquelles ils cherchent à couper le réseau qui les empêche de sauter à bord. On sent bien que si les mailles du filet étaient trop raides, les assaillants parviendraient, plus aisément que lorsqu'elles sont molles, à couper le cordage tendu.

Quelquefois nos bâtiments convoyeurs, non contents de dresser des filets d'abordage, selon la manière que nous venons d'indiquer, cherchaient encore à se prémunir contre les attaques de nuit, en installant de doubles filets.

Ce dernier genre de réseau de corde n'est destiné, comme son nom semblerait l'indiquer, à doubler seulement les filets simples. C'est une tout autre installation.

Les doubles filets d'abordage se dressent sur des montants ou des esparres, qui se meuvent verticalement le long du bord, où ils sont établis sur des charnières. Cette espèce de large tissu figure assez bien, sur les flancs d'un navire, ces filets avec lesquels on prend à terre des alouettes au miroir. Ce sont, à proprement parler, des ailes que l'on établit autour du bastingage. Au bout de chaque montant, on frappe une drisse et on suspend un boulet ou une gueuse de cinquante, pour que le poids de ces lourds objets puisse faire tomber sur la mer les filets abandonnés à eux-mêmes, quand on largue les drisses qui les tiennent élevés sur leurs montants mobiles.

Les filets simples sont une arme défensive; les filets doubles sont une arme offensive. Voilà la différence entre ces deux appareils.

Il est facile de comprendre que lorsque les péniches viennent aborder un navire ainsi garanti par ses doubles filets, il suffit de larguer ce redoutable appareil pour que les assaillants se trouvent pris sous les mailles des filets, qui tombent sur eux de manière à les envelopper comme dans un piége. Alors rien ne devient plus aisé pour l'équipage du bâtiment abordé, que d'accabler à coups de fusil et à coups de canon des assaillants à qui la liberté de se mouvoir et d'agir hostilement vient d'être ôtée.

Un fait que l'on m'a souvent raconté, et dont tous les détails sont encore présents à ma mémoire, servira mieux encore que toutes les descriptions que l'on pourrait donner, à faire connaître tout le parti que pouvaient retirer de l'emploi des filets, les petits bâtiments de guerre qui mouillent sur les côtes, en présence de l'ennemi, dont ils ont à redouter les tentatives d'abordage pendant la nuit.

Un lougre, corsaire du Nord, de Dieppe ou de Calais, je crois, se trouva être chassé, après avoir fait quelques prises, par une corvette anglaise, à laquelle il ne put échapper qu'en mouillant en dedans des bancs de Somme, sur un fond que le bâtiment ennemi, avec son grand tirant d'eau, ne pouvait s'exposer à franchir. La nuit s'approchait; mais avant que l'obscurité ne vînt envelopper tous les objets autour de lui, le capitaine du lougre vit, à la longue vue, la corvette mettre trois embarcations à l'eau, et puis après, ces embarcations, recevoir des armes qu'on faisait passer par dessus les bastingages, aux hommes qui les montaient.... Plus de doute; les péniches anglaises devaient venir, pendant la nuit, attaquer au mouillage, qu'il ne pouvait plus quitter, le pauvre corsaire français!

Il ne fut pas difficile au capitaine du lougre de faire comprendre à son équipage tout le danger qu'il allait courir. Le corsaire n'avait pas de filets d'abordage: on se décida à en faire sans perdre de temps. Chacun se mit vaillamment à l'ouvrage, et avant l'heure de la marée, que devaient choisir les Anglais pour l'attaquer, le lougre se trouva *encagé* et garanti, non pas seulement avec ses filets simples, mais encore avec les doubles filets qu'il venait d'improviser.

«Les Anglais peuvent arriver maintenant quand il leur plaira, dit le capitaine à son équipage; vous les avez déjà battus d'avance.»

Et, en effet, de longs avirons, au bout desquels s'étendaient extérieurement les doubles filets, présentaient autour du lougre l'aspect de deux énormes éventails prêts à envelopper, et à écraser tout ce qui aurait l'imprudence d'approcher le navire.

On veillait partout, à bord du corsaire, aux bossoirs, à la hanche, par le travers. Tous les yeux effleuraient les flots calmes et silencieux; toutes les oreilles cherchaient à entendre le moindre bruit, le mugissement des flots, le vagissement de la houle à terre, le frémissement du peu de brise qui se jouait au roulis, dans les haubans et dans la mâture du lougre.

Quelques heures d'attente se passent ainsi. On ne chante plus à bord du corsaire; on se parle tout bas: le capitaine veut faire croire aux Anglais que tout sommeille à son bord.... Minuit arrive.... On n'aperçoit rien encore; on n'entend rien....

A une heure, un des officiers, placé sur l'avant, traverse la foule des hommes armés jusqu'aux dents, et qui encombrent le pont trop étroit du corsaire; il dit au capitaine: «Capitaine, regardez bien là.» Le capitaine regarde.... «Ce sont les péniches. Silence, enfants! veillez bien à ne faire feu et à n'amener nos doubles filets qu'à mon seul commandement...» L'équipage ne répond seulement pas, *oui, capitaine*, tant il sent la nécessité de faire silence et d'obéir sans dire un mot à l'ordre de son chef....

Quel moment, que celui qui précède de si peu une attaque de nuit, à laquelle on est préparé! Comme les coeurs palpitent! comme les mains qui se rencontrent se pressent en frémissant de plaisir, de crainte ou d'impatience! Il y a bien des adieux faits en silence, et d'une manière bien expressive, dans un pareil instant!...

Les péniches approchent. Trois points noirs se dessinent sur les flots. Les coups d'aviron, que donnent par longs intervalles les Anglais, sont encore sourds, mais on les entend, malgré la précaution qu'ils ont prise de garnir en drap leurs rames au portage, pour assourdir le bruit de leur nage. Rendus à une demi-portée de fusil du lougre, ils lèvent leurs rames: le plus grand silence règne partout dans l'obscurité qui enveloppe cette scène mystérieuse, et qui va devenir bientôt si terrible et si animée.... Les péniches paraissent se défier du calme qu'elles remarquent à bord du lougre. Elles se décident, au cas où elles seraient vues, à attendre la volée de l'ennemi, pour l'aborder ensuite avant qu'il n'ait pu recharger ses pièces.... Le capitaine français, qui pénètre le motif de leur retard à l'aborder, feint de tomber dans le piége: il ordonne de faire feu de deux pièces seulement; et, après cette explosion, les péniches donnent deux ou trois bons coups d'aviron, et les voilà le long du corsaire....

C'est alors que les coups de feu partent, que les pièces pointées à couler bas, percent les péniches. Les assaillants veulent sauter à bord: ils rencontrent les filets d'abordage. Une des péniches veut fuir, et les doubles filets s'abaissent sur les embarcations, qu'ils enlacent de leurs réseaux inextricables: «Rendez-vous! rendez-vous!» crie le capitaine du corsaire aux Anglais, que les gens du lougre fusillent, pendant qu'ils cherchent à se dépêtrer de la maille des doubles filets. Les assaillants, assaillis à leur tour, sont percés, accablés, foudroyés sans défense. Ils ne peuvent que crier qu'ils se rendent.... Le feu cesse alors. On ouvre une petite partie des filets, et chaque prisonnier que l'on dégage du piége, passe à bord du corsaire pour être renfermé dans la cale. Une fois les péniches vides, on travaille, pour les maintenir sur l'eau, à boucher vite les trous des boulets qu'elles ont reçus.

A peine tous les prisonniers désarmés sont-ils fourrés dans la cale, que le capitaine du corsaire s'écrie: «Mes amis, ce n'est pas le tout; la corvette a voulu nous prendre, il faut la prendre elle-même! Sautez-moi en double dans les péniches, allez prendre une touline sur l'avant pour remorquer le lougre; coupons nos amarres, et gouvernons sur la corvette anglaise!»

Cet ordre est aussi vite exécuté que l'intention du capitaine est comprise. Les péniches, nageant sur l'avant, halent le corsaire vers l'endroit où l'ennemi est mouillé. Au bout d'une demi-heure d'efforts, le lougre est amené le long de la corvette anglaise, qui croit voir dans le navire qui s'approche, l'ennemi que ses péniches sont parvenues à enlever. Aussi, dès que le commandant anglais pense que le lougre est rendu assez près de lui, il lui hèle de jeter l'ancre. Il n'est plus temps: les trois embarcations qui remorquent le corsaire coupent leur touline et accostent la corvette, pendant que le lougre, avec les avirons qu'il a bordés lui-même, approche l'ennemi par l'arrière, et lui jette tout son monde à bord....

La corvette, qui s'était dépourvue de la plus grande partie de son équipage, pour armer les péniches qui devaient enlever le lougre, se rend au bout de quelques minutes d'abordage. Le soir même de ce jour, si bien employé par le corsaire, le lougre victorieux rentrait à Calais, avec la double et glorieuse capture qu'il venait de faire.

VI.

Le Maître d'équipage.

Un maître d'équipage initiait un jeune mousse à la connaissance des diverses manoeuvres qui composent le gréement, et, à chaque erreur que commettait l'élève dans cette longue énumération, le professeur lui appliquait sur les épaules cinq ou six coups du bout de la manoeuvre qui avait été mal désignée. L'officier de quart, présent à la leçon, s'approche du maître: «Il paraît, lui dit-il, que vous soignez particulièrement ce jeune homme? — Que voulez-vous, répond le vieux marin; il m'a été recommandé, et c'est bien juste: j'ai vu son père tomber mort à côté de moi au combat de Groais, et on doit quelque petite chose à la mémoire d'un ancien camarade.»

Ce maître, si dévot au souvenir de ses amis, avait un fils qu'il comblait des marques de son active sollicitude. Violemment indisposé un jour contre lui, il le poursuivit dans la batterie du vaisseau, un nerf de boeuf à la main; mais, dans la rapidité de sa course, le pied lui manque, il tombe, et se luxe le pouce de la main gauche, en cherchant à amortir le poids de sa chute. Au juron que lui arrache la douleur, le fils s'arrête, et accourt aussitôt pour relever et secourir le rude auteur de ses jours. «Ma foi, monsieur, dit celui-ci en racontant sa mésaventure au chirurgien qui le pansait, le bon coeur de mon garçon m'a tellement remué l'âme, que je n'ai pu lui donner que neuf à dix coups de nerf de boeuf.» Il paraît que le bonhomme avait atteint là le maximum thermométrique de sa sensibilité paternelle.

On a peu d'idée du respect qu'imprime à tous ses subordonnés le maître d'équipage d'un navire de guerre. A son aspect, tous les regards se portent sur les contractions de cette figure basanée, que la moindre contrariété agite avec force, que le plus léger murmure enflamme avec fureur. Cet homme, sorti de la classe des matelots, est plus terrible aux matelots mêmes, que les officiers, qu'un rang plus élevé met moins en relation que lui avec cette classe grossière. Les noms de *face de fer*, de *gare la bûche*, lui sont donnés, mais en cachette, et les railleurs ne se livrent à leurs saillies, qu'avec une sorte de terreur. Au coup magique du sifflet qu'il porte à sa ceinture, les hommes accourent, la manoeuvre s'exécute en silence et avec promptitude; malheur à celui qui le mécontenterait assez pour qu'il le traitât de *Paria* ou de *Parisien*, son animosité ne se bornerait pas à ces dénominations, que les gens du métier considèrent pourtant comme les plus injurieuses pour un homme de mer.

Ces coups de sifflet du maître de manoeuvres, qui composent, à proprement dire, le langage dans lequel l'officier communique avec l'équipage, produisent dans certaines circonstances une impression indicible. Quand deux navires, par exemple, s'approchent à portée de pistolet pour se combattre avec plus de certitude, au signe du commandant, part ce qu'on appelle le coup de sifflet de silence: tout se tait dans cet instant de terreur et de la plus morne attente. A peine le sifflet a-t-il cessé de se faire entendre, que la mort vole dans l'épouvantable fracas de cent bouches à feu. On peut rendre au bout du pinceau, qui reproduit le prestige de la vie, toute l'horreur d'une bataille, toute l'épouvante d'une scène de carnage: il n'est donné à aucune plume, à aucune éloquence de rendre l'effet du coup de sifflet qui précède la première volée que va lancer un vaisseau.

Dans les premiers temps de notre république hélas trop éphémère, des ordres du jour réitérés défendirent aux officiers et maîtres de frapper les matelots sous leurs ordres. Les maîtres, que cette disposition philanthropique indisposait plus que les autres, répondaient aux marins qui se trouvaient dans le cas d'invoquer le bénéfice de la nouvelle réforme: «La loi défend de frapper, mais elle ne défend pas de pousser»; et l'impulsion valait quelquefois bien les coups qu'elle remplaçait. On conviendra que si ce n'était pas là transgresser la loi avec finesse, c'était au moins l'éluder avec force.

VII.

Les Corsaires travestis.

Antoine Moëde [5], capitaine d'un corsaire, qui, pendant les deux dernières guerres, a laissé des souvenirs si honorables à la Guadeloupe, commandait une petite embarcation où il avait entassé cent hommes déterminés comme lui.

Il rencontre au vent de la Désirade un grand bâtiment anglais richement chargé pour la Jamaïque: l'attaquer et le prendre fut l'affaire de peu d'instants pour des marins accoutumés à monter dans un navire marchand comme dans une salle de billard. L'équipage, dix-huit passagers et dix passagères furent mis à bord du corsaire avec leurs effets; trente Français furent chargés de reconduire la prise, et le corsaire fit voile pour la Pointe-à-Pître. Le lendemain de sa capture, il aperçut avec le jour un brick de guerre qui se dirigeait sur lui. Antoine Moëde, jugeant que ce bâtiment qui le gagnait était anglais, ordonna à ses gens de prendre toutes les robes qu'ils trouveraient dans les malles des passagères, et de s'en affubler. Il fut obéi à la minute, et on vit paraître sur le pont une cinquantaine de belles qui cachaient la fraîcheur de leur teint sous des ombrelles qu'elles agitaient avec autant de grâce qu'elles en pouvaient mettre. L'intention du capitaine était, en ordonnant ce singulier travestissement, de faire croire au navire ennemi que le corsaire n'était qu'un bateau caboteur, chargé de passagers et de passagères qui se rendaient d'une île à l'autre; et, à l'aide de cette ruse, d'échapper à la supériorité des forces du brick, qui l'aurait probablement abandonné sans le visiter; mais il n'en fut pas ainsi. A peine l'Anglais se vit-il à portée de canon, qu'il envoya toute sa volée. Certain de ne pas lui échapper par la fuite, Antoine demande à ses gens s'ils veulent sauter à l'abordage. Tous répondent: «A l'abordage!» Le corsaire vire de bord, cingle vers le brick, dont il reçoit une volée à bout portant; il l'élonge. Les braves amazones d'Antoine jettent leurs ombrelles et leurs chapeaux de paille au diable, tirent leurs poignards, arment leurs pistolets et sautent en écumant de rage à bord du brick anglais. En une demi-heure, le pont est couvert de sang et de morts. Un homme du corsaire saute sur le pavillon ennemi, et l'amène. Le brick se rend, et Antoine Moëde fait route avec sa glorieuse capture, pour la Pointe, où il rentre avec son équipage encore vêtu des costumes de femme, qu'ils n'avaient pas eu le temps de quitter avant cette rapide action. «Jamais, disait Antoine tout glorieux, le cotillon ne s'est mieux tiré d'affaires!» Je doute, en effet, que celui de Jeanne Hachette ou de l'héroïne de Vaucouleurs eût brillé de plus d'éclat dans la fureur d'un abordage.

Le même capitaine, dans une course précédente, avait épuisé toute sa mitraille dans quelques engagements consécutifs; quoiqu'il mît toujours double charge dans ses canons, il lui restait encore quelque poudre; mais la mitraille lui manquait. Déjà on avait envoyé à l'ennemi les clous qu'on avait pu ramasser, le lest en caillou qu'on avait pu arracher de la cale. Il ne restait rien pour la dernière volée avant l'abordage: «J'ai dans ma chambre deux quarts remplis de gourdes! s'écrie comme par inspiration le capitaine: défoncez-les; chargez nos pièces avec des piastres! — Mais, capitaine, c'est votre argent, cela, lui dit son second. — Corbleu! c'est le placer à bon intérêt, mon ami! Feu, et à l'abordage!» Au bout d'une demi-heure, le navire ennemi fut enlevé.

VIII.

Le Cuisinier et le maître Coq.

Parmi les gens qui ont à bord une charge importante, il faut compter le cuisinier, et ensuite l'homme qu'on appelle improprement *maître-coq*; car il valait mieux conserver la dénomination de *cook* (mot anglais qui signifie cuisinier), que de donner au cuisinier de l'équipage le nom d'une volaille: mais, en fait d'étymologie, les marins n'y regardent pas de plus près que les académiciens qui vous apprennent que le mot *Beefsteaks* signifie une tranche de boeuf ou de *mouton* grillé.

Le cuisinier des officiers met à peu près entre lui et le maître-coq, la distance qui existe entre un bottier à la mode et le savetier du coin; mais ces deux êtres, séparés par la science et les prétentions, sont réunis par la nécessité dans une cahutte enfumée, de la largeur d'un tonneau, et presque toujours fixée sur le pont, où elle est en butte à tous les vents et à tous les coups de mer. C'est dans ce laboratoire exigu que le chimiste culinaire, debout, préside à la confection de ces dîners de bord, dont la propreté ne fait pas toujours les frais, et dans lesquels la délicatesse est souvent sacrifiée aux circonstances.

Les inconvénients attachés aux postes de cuisinier de navire n'engagent pas les phénix de la profession à s'embarquer pour parcourir, la casserole à la main, toute la sphéricité du globe. Aussi, nous l'avouerons, la plupart des cuisiniers de bord sont peu dignes du titre d'artiste, qu'ils s'arrogent modestement; car à les en croire, ils ne sortent tous de rien moins que de la bouche d'un ambassadeur, ou des fourneaux d'une excellence, ou même des cuisines de la cour. Ce serait cependant faire trop d'honneur au plus grand nombre que de supposer qu'ils sortent d'une assez mauvaise gargote.

Si ces messieurs, toutefois ne donnent pas toujours aux passagers et aux officiers, les preuves d'un talent qu'on aime à reconnaître, il faut convenir qu'il en est qui offrent, dans certaines circonstances, l'exemple d'un dévouement absolu. Lorsque le navire, incliné par l'effort d'un coup de vent, plonge à chaque instant sous les vagues qui enlèvent tout sur le pont, on voit le cuisinier se faire amarrer dans sa taverne; et là, attisant avec une pince rouillée quelques charbons que lui dispute la tempête, il attend, la bouilloire à la main, que le thé soit chaud, ou qu'une lame enlève dans son passage, lui, sa cuisine et tout ce qui l'environne.... Quelques cuisiniers ont vu trancher leurs destinées par des événements de mer assez brusques. Les grands bâtiments de guerre offrent aux desservants de Comus des temples plus sûrs; car c'est dans l'entrepont qu'on place les cuisines, et là, du moins, ces artistes sont à l'abri des coups de mer.

Depuis que le besoin de manger est devenu un art, et que cet art a été réduit en préceptes sous la plume des Beauvilliers et des Carême, les moindres gargotiers, fiers de leur vocation, se sont donné une teinte de littérature de cuisine. On pense bien que ceux qui se sont vus au milieu de matelots ordinairement peu lettrés, se sont arrogé à bord la suprématie de l'esprit et l'exploitation des bons mots; mais la rudesse des antagonistes qu'ils s'attirent parmi l'équipage leur fait trop souvent expier la douceur des airs qu'ils se donnent. Quelques hommes sont-ils insuffisants pour serrer une voile que le vent va mettre en lambeaux, le maître d'équipage ordonne au cuisinier de monter sur la vergue, où il a presque toujours mauvaise grâce, et c'est alors que les matelots, forts de leur adresse, se vengent par des apostrophes du malheureux, qui se cramponne à chaque objet comme à une planche de salut.

Le maître-coq d'un vaisseau de guerre est chargé, avec l'assistance de trois ou quatre aides, de diriger l'ébullition d'une chaudière dans laquelle il entre à peu près deux barriques d'eau. Après que l'équipage a porté sa viande dans ce potage collectif, la chaudière est fermée au cadenas par la commission nommée chaque jour pour surveiller la coquerie. Avec un appareil, on hisse ce vase énorme sur les bancs d'un immense foyer, et à midi on sonne la cloche pour avertir que la soupe va être trempée. La chaudière est descendue, cent gamelles sont rangées autour d'elle, et le maître-coq, monté sur une estrade, plonge la vaste cuiller dont il s'arme, dans les flots du clair bouillon, qu'il distribue avec l'air d'impartialité d'un Minos ou d'un Rhadamante; mais si le bouillon n'est pas du goût de ceux qui le reçoivent, si le boeuf ou le lard n'est pas cuit, ou l'est trop, alors les injures et quelquefois les lambeaux de viande pleuvent sur le triste chef de cuisine, que les officiers ont de la peine à arracher à l'animosité des matelots. Voilà un des mille désagréments du métier: en voici un privilége. A la mer, la viande salée rend, dans l'eau où on la fait bouillir, beaucoup de graisse; toute celle qui surnage appartient de droit au maître-coq, qui la vend à la première relâche; ensuite il jouit de la faveur de manger à la table du cambusier, où le vin rogné aux rations de l'équipage, est rarement épargné.

Malgré la surveillance que l'on porte à la propreté douteuse du maître-coq, il s'introduit souvent dans la chaudière des corps assez étrangers à la confection des potages bourgeois. On a été jusqu'à y trouver des chapeaux, des souliers, des couteaux, des morceaux de tabac, des bouts de manoeuvre, etc. Une punition prompte suit toujours de près ces négligences: le maître et les aides-coqs reçoivent sur le dos vingt à trente coups de corde, et, cette justice une fois rendue, le bouillon réconfortant est bu comme s'il n'avait été question de rien.

IX.

Suprême félicité du Matelot.

Vous qui cherchez dans les voluptés d'un amour naïf, cette félicité d'un moment, la seule qui nous soit permise sur cette terre d'illusion; vous qui la placez dans les jouissances les plus positives que nous puissions procurer à nos sens trop imparfaits; ou vous, enfin, qui, plus sages que les amants et les épicuriens, ne demandez qu'à l'étude ces douceurs qui consolent des femmes, et quelquefois même de la vie; vous ne devinerez jamais dans quelle espèce d'enivrement le matelot place son suprême bonheur? — Dans le vin? direz-vous peut-être. — Non pas exclusivement. — Dans l'amour du sexe? — Non pas encore exclusivement. — Dans la bonne chère? — Est-ce qu'il la connaît, lui? est-ce qu'il la conçoit, cette bonne chère, qui exige presque de l'art et de l'étude; lui, à qui une ration de biscuit et un morceau de boeuf salé suffisent? — Où donc le matelot place-t-il sa félicité? — Vous allez le savoir; mais, avant tout, donnez-vous la peine de le suivre quand vous le voyez chausser son pantalon blanc, donner un coup de brosse à sa veste toute froissée dans son sac moisi. Il va demander à son officier la permission d'aller à terre. Cette permission, sollicitée le chapeau bas et l'oeil baissé, lui est accordée.

En mettant le pied sur le rivage, qu'il ne connaît pas encore, il s'informe d'abord à quel prix se boit la bouteille de vin dans le pays, et s'il y a beaucoup de gendarmes. Le vin et les gendarmes, c'est tout ce qui l'intéresse ou le préoccupe; car il sait qu'il aura affaire à tous deux.

Il boit d'abord; le reste viendra plus tard. Il chante après avoir bu, c'est la règle; puis il cherche l'occasion de se donner une peignée, et l'occasion ne tarde guère à lui sourire. Une ribotte à terre est, pour lui, le feu d'artifice d'une belle fête; les coups de poings en sont le bouquet.

Le matelot en belle humeur est assez taquin de son naturel, pour peu qu'il sente la terre vaciller sous ses pas et qu'il entrevoie un grand espace à parcourir. Gardez-vous bien de vous laisser coudoyer par lui; dès que vous le voyez faire des embardées et placer avec une bachique coquetterie son chapeau sur l'oreille gauche: c'est déjà un fort mauvais signe.

Pour peu que dans l'auberge, théâtre de ses rudes jouissances, il y ait cependant de quoi s'amuser, il n'ira pas demander à l'extérieur des motifs de distraction, surtout lorsqu'il se sent dans la poche assez d'argent pour faire face aux prodigalités par lesquelles il veut signaler son luxe. Qu'un miroir brille à ses yeux demi-voilés de vapeurs alcooliques, il commence par briser le miroir, quitte à le payer. Qu'un ramas de verres et de bouteilles encombre la table sur laquelle il s'est appuyé, il ne lui en faut pas davantage, et, d'un coup de main, il fait voler en éclats ces verres fragiles, si fidèle image du clinquant d'ici bas; car le matelot est philosophe au moins jusque dans le désordre de ses actions et de ses idées: puis il paie largement; car cet argent qu'il méprise toujours, par philosophie, il le prodigue quand il s'agit de réparer ses folies, en affichant le superbe dédain qu'il professe pour le vil métal. Ce qu'il veut surtout, c'est du scandale, mais de ce scandale qui appelle à grand bruit la force armée. Arrive seulement un gendarme ou la garde, et vous allez voir comme il va faire briller son audace, après avoir fait redouter son ardeur délirante. Un sabre est levé sur lui, il le fait voler en éclats, en s'armant spontanément d'un barreau de chaise brisée, tant les expédients lui sont familiers. Une baïonnette le menace, il l'écarte d'une main, en lançant un coup de poing de l'autre. Que des doigts vigoureux le saisissent au collet, c'est là, pour lui, la moindre des choses; il laisse sous le poignet de l'agent de la force publique, la veste par laquelle on croit le tenir. C'est alors que, tout meurtri, l'oeil poché et la chemise en lambeaux, il s'échappe avec la rapidité du cerf, tout glorieux d'avoir acheté, au prix d'une partie de ses vêtements et de sa sûreté personnelle, le plaisir d'avoir chaviré la garde et embêté un gendarme.

Mais ce n'est encore là qu'une jouissance vulgaire. Il faut, pour compléter la farce, qu'il s'esquive de manière à être poursuivi, en fuyant en vrai Parthe, et en faisant une retraite brillante. S'il peut combiner sa fuite de façon à attirer ses adversaires sur le bord d'un quai ou le long du rivage, la partie sera délicieuse; car au moment où les *grippe-jésus*, comme ils le disent, croiront pouvoir s'emparer de lui, vous le verrez se jeter tout habillé dans les flots, et disparaître comme un autre Protée, aux regards ébahis des gardiens de l'ordre public. Une fois à la mer, il se fait inviolable; c'est sous une autre juridiction qu'il passe, en se flanquant à l'eau. Son domicile réel, c'est l'embarcation qui se rend à bord, et qui le pêchera en passant au moment où, faisant la planche, il nargue la garde à laquelle il vient de se soustraire.

Tout mouillé, il arrive à bord; mais en saisissant la tire-veille de babord, il change de contenance: c'est une attitude grave qu'il faut prendre, pour se présenter avec une certaine aisance à l'officier de quart.

—Lieutenant, me voilà rendu z'à bord.

—C'est bien. Qu'as-tu fait de ta veste?

—Mon lieutenant, je l'ai z'oubliée z'à terre, par mégarde.

—Où t'es-tu fait noircir l'oeil ainsi?

—C'est z'en tombant sur le banc de l'embarcation, qui roulait.

—Va demander ta ration à la cambuse, et ton hamac au capitaine d'armes.

—Merci, mon lieutenant.

Vous avez suivi notre philosophe dans l'épicurisme de ses plaisirs, mais il n'a eu garde d'épuiser toutes ses jouissances dans la coupe de volupté que lui a présentée la terre. Une fois à bord, il savoure de nouveau, en les ranimant, les délices qu'il a goûtées dans la journée. Ses camarades, restés à bord, l'écoutent avec ravissement, le questionnent avec curiosité.

—Comment! tu as bûché trois gendarmes?

—En trois coups de poing de bout, je les ai fait arriver à plat.

—Et la garde?

—La garde! elle est venue pour me poursuivre dans une allée où il y avait une trappe. J'ai t'élevé la trappe, et mes joueurs de clarinette de cinq pieds ont descendu la garde dans la calle, que j'ai *t'entrebâillée*, à seule fin de... v'là c'que c'est. (Car, remarquez bien que le matelot qui, par euphonisme, a dit à son officier, *lieutenant, me v'là z'à bord*, dira à ses camarades *la calle que j'ai t'ouverte*. L's euphonique est pour le langage élevé; le *t* tudesque pour la conversation familière.)

—Mais, dis donc, reprennent les amis, qui est-ce qui t'a accommodé l'oeil au beurre roux?

—C'est un coup de poing que j'ai voulu voir de trop près, et sans lunettes, encore.

—Et ta chemise, qui te l'a déralinguée de c'te façon, en manière de brodure au crochet?

—Le grapin à cinq branches d'un caporal, qui m'a demandé la moitié de ma chemise et de mon gilet rond, pour en avoir un échantillon. Mais c'est égal, je m'suis-t'i amusé, bon Dieu de bois! J'ai cassé en plus de dix mille morceaux tout ce qu'il y avait dans la case de l'hôtesse; j'ai défoncé la fenêtre avec la tête du mari, pour ne pas me faire mal aux mains, et j'ai marché, finalement, sur le ventre de plus de cinq crapaudins avant de me jeter en pagaye à l'eau. Mais j'ai tout d'même perdu ma paire de souliers neufs que tu sais bien, et ma montre de 19 francs, qui était si bonne.

Et tous les auditeurs, émerveillés, de répéter en soupirant: «Ce nom de Dieu-là, s'est-il amusé!... Ah! le nom de Dieu!... Demain, j'demande la permission d'aller t'à terre.»

Voilà la vraie félicité du matelot. Ne faut-il pas que chacun ait la sienne!

X.

Maître Lahoraine

OU QUI DE QUATRE OTE TROIS RESTE DEUX.

Un homme aux formes sèches et arides, au teint maroquiné, se promène, le sifflet d'argent à la ceinture, sur les passavants du vaisseau *le Régulus*. C'est maître Lahoraine, un de ces vaillants matelots d'élite que Brest fournit à la marine militaire.

Sur une des caronades du gaillard d'arrière, un jeune aspirant, le hausse-col sous le menton, s'étale nonchalamment et regarde avec distraction le haut du grand mât dans le gréement duquel des matelots, huchés çà et là, travaillent en chantant. L'aspirant fait le service de l'enseigne de quart. Il se lève en bâillant, jette quelques pas indécis sur les bordages si bien blanchis du gaillard d'arrière, et puis il accoste maître Lahoraine.

—Eh bien, maître Lahoraine, vous faites les cent pas pour ne pas avoir la goutte?

—Il faut bien, monsieur. Et vous, vous bâillez, à ce que j'ai l'honneur de voir, pour vous *dégourder*?

—Il est si ennuyeux de monter la garde en rade!

—Que voulez-vous? notre métier ne se compose que d'embêtements. Aussi j'ai bien promis que, si jamais j'ai un fils et qu'il veuille se faire marin, je l'étranglerai plutôt comme un canard, le gueux!

—Est-ce que vous seriez encore de *mauvais poil*, maître Lahoraine?

—Comment voulez-vous que ce soit autrement à bord de cette baille à brai, avec un équipage de danseurs et de maîtres d'armes! Ça sait friser une contredanse au *Plaisir de Brest*, mais c'est un bon à rien à bord, quand il faut danser sur une vergue et maintenir la propreté, qui est l'âme du vaisseau. Il est à six cent cinquante hommes, cet équipage-là, n'est-ce pas? Eh bien, s'il ne change pas d'amures pour courir une autre bordée que celle qu'il a prise, je le mangerai comme une..., comme une poule-mouillée, qu'il est, sous votre respect. Ce que je vous dis là, d'ailleurs, je l'ai dit plus de cent fois au commandant, aussi vrai que vous êtes un honnête homme!

—Je conviens que vous avez affaire à des conscrits qui ne valent pas encore un vieil équipage; mais ils ont du zèle et font tout leur possible.

—Leur possible! pardieu, la belle avance! leur possible! Mais ce n'est rien que cela, monsieur; et on voit bien que vous êtes encore jeune. Dans notre métier, vous apprendrez que ce n'est pas ce qui est possible qu'il faut faire, mais l'impossible.

—L'impossible! c'est bien facile à dire, cela; mais comment me prouveriez-vous que c'est ce qui ne peut pas être fait, qu'il faut faire dans notre métier?

—Comment?

—Oui, comment?

—Vous allez le voir.... Vous voyez bien, par exemple, combien il y a d'hommes dans cette grande hune?

—Sans doute; j'y vois quatre hommes, quatre gabiers.

—Eh bien, si je vous disais que je veux qu'il y en ait cinq dans quatre, que diriez-vous?

—Je croirais que vous voulez là une chose impossible.

—C'est justement ce que je voulais vous faire dire. A présent, vous allez voir comment je me patine pour faire l'impossible en marine, et à ma façon.

Maître Lahoraine prend son sifflet; et, au moyen de quelques sons aigus, il fait entendre aux gabiers de la grande hune qu'il va leur donner un ordre.

Les gabiers écoutent attentivement....

Un des gabiers répond au coup de sifflet du maître:—Holà!

Maître Lahoraine, avec un ton radouci et en jetant un coup-d'oeil d'intelligence à l'aspirant:—Combien qu'es-tu, mes fils, dans c'te grand'-hune?

Un des gabiers.—Maître Lahoraine, je sommes quatre.

Maître Lahoraine.—Eh bien, puisque tu es à quatre, mes enfants, descends trois, et reste à deux là haut.

Un des gabiers, après un moment d'hésitation.—Mais, maître Lahoraine, je vous ai dit que nous étiommes à quatre.

Maître Lahoraine.—Je l'ai bien entendu, pardieu! crois-tu donc que je suis sourd?

Le gabier.—Mais, vous avez dit de descendre trois et de rester deux; si, à quatre, il en descend trois, nous ne *restrommes qu'à qu'un*.

Maître Lahoraine.—*Qu'à qu'un!* Je veux que tu descendes trois, et que tu restes à deux.... Allons, descends trois, et puis j'irai régler mon compte après, et te prouver que, qui de quatre ôte trois, reste deux, en marine. (Ici, nouveau coup-d'oeil d'intelligence de maître Lahoraine à l'aspirant, qui écoute, qui regarde et qui attend.)

Les trois gabiers descendent. Le maître les compte à mesure qu'ils défilent silencieusement devant lui, l'épissoire au poignet, et le morceau de suif sur le chapeau.

—C'est bon, te voilà trois. Actuellement, je vais voir dans la hune si je trouve mon compte.

Le maître monte, en se balançant avec calme, dans la hune, où le seul gabier, pour attendre l'événement, se dispose à essuyer la sévère investigation de son impassible chef.

—Combien es-tu dans ta hune, mon garçon? demande le maître en passant ses deux pouces dans les oreillettes du pont fort étroit de son pantalon bleu.

—Maître Lahoraine, je suis à un, comme vous voyez bien.

—En ce cas, tu m'as fait la contrebande d'un homme, et tu vas payer pour ceux qui m'ont fait la queue. Ah! tu veux aussi te fiche de moi! Attends, attends un peu!

Et là-dessus, le bout du garant d'un palanquin sert à fustiger le malheureux gabier, qui n'a pas pu présenter à maître Lahoraine ses comptes en règle.

Après ce châtiment si bien mérité et si vigoureusement appliqué, le maître redescend, avec son stoïcisme accoutumé, sur le gaillard d'arrière, où l'aspirant est demeuré spectateur fort intrigué de cette scène, dont il ne s'explique pas bien encore la morale et le but.

Maître Lahoraine.—Quand je vous disais, monsieur, que j'avais affaire à un équipage de danseurs! Croyez-vous que, dans mon temps, des matelots ne m'auraient pas fait dix mille fois proprement la queue, et que je n'aurais pas trouvé le reste de mon compte dans cette chienne de grand'-hune, que le feu du ciel *chamberde?*

—Mais comment, dans votre temps, maître Lahoraine, auriez-vous pu raisonnablement trouver deux hommes où vous n'en auriez laissé qu'un?

—Comment?... Aussitôt que ces trois *mateluches* qui sont descendus auraient été en bas, un vrai matelot, dans mon temps, se serait pommoyé le long du grand étai dans la grand'-hune, pendant que j'étais à balander dans les grandes enfléchures; et une fois que j'aurais été là haut, j'aurais trouvé mon compte, l'impossible, quoi! comme je vous disais tout-à-l'heure.

—Mais vous n'auriez pas moins, en retrouvant votre compte, deviné le stratagème?

—Oui, sans doute, j'aurais deviné la farce à la figure. Mais j'aurais dit, pas moins, c'est de bons b..., et j'aurais été agréablement mis dedans, parce que c'est avec de la malice, monsieur, voyez-vous bien, qu'on fait de l'impossible en marine. Mais à présent, il n'y a plus moyen, depuis qu'on nous donne des *matelas* pour des *matelots* et qu'on force les anciens maîtres d'équipage comme moi à compter, non plus par livres, onces, pintes et chopines, mais par *kakagramme* et *cocolitre*; il n'y a plus moyen, il n'y a plus moyen, je vous dis! Pauvre marine française! où ce que tu es donc? ou ce que tu es, pauvre marine?

XI.

Le Chien de l'artillerie de marine.

Bien avant que la renommée ne publiât les prodiges d'intelligence de *Munito*, et que l'histoire ne burinât les hauts faits des quadrupèdes de son espèce, il existait à Brest un caniche, recueilli par les artilleurs de marine, nourri de la ration du soldat, et élevé dans les principes et les usages de la caserne. Il n'avait pas de propriétaire en titre, le chien *la Bombarde*; chaque canonnier était son maître, et le régiment était devenu son père collectif et adoptif. Que de taloches lui avait coûté son éducation! mais aussi, que de caresses et de soins lui valaient sa gentillesse et son utilité! car *la Bombarde* n'était pas un chien oisif, absorbant sans fruit les aliments qu'on lui offrait dans l'une et l'autre chambrée. Il payait au centuple, en bons offices militaires, les maîtres qui le nettoyaient, qui lui faisaient le poil et qui se chargeaient à l'envi des détails de sa toilette et de sa nourriture.

Pendant l'exercice, planté sur son joli derrière devant le front du bataillon, il suivait les mouvements des canonniers, en maniant dans ses pattes de devant la canne que l'adjudant-major lui avait confiée. Défilait-on par le flanc, il se plaçait en tête de la première compagnie de bombardiers. Nul autre chien n'aurait partagé avec lui l'honneur de stationner auprès du chef de bataillon ou du colonel; car s'il était doux avec ses militaires, et pour ainsi dire ses compagnons d'armes, il mordait très-dur ses égaux, le chien *la Bombarde*! En un mot, personne n'était plus exclusif que lui sous le rapport des priviléges qu'il avait conquis, et qu'il n'était pas d'humeur à partager avec les animaux de sa race.

Lorsque, sur le beau quartier de la marine, à midi sonnant, la garde montante défilait au son du tambour pour aller occuper les postes de l'immense port de Brest, *la Bombarde* prenait le pas en partant de la patte gauche, pour se rendre d'abord à l'Hospice de la Marine, où les infirmiers ne manquaient jamais de lui offrir un bouillon et quelques os de la viande mangée par les malades.

Une fois le bouillon pris, notre chien de garde parcourait tous les postes du port, joyeux de recueillir une caresse là, de recevoir une culotte plus loin, et de faire un tour de promenade à quinze pas de la guérite, avec la sentinelle placée à l'extrémité du quai de la Digue, la dernière des nombreuses stations du port.

Le soir, c'était bien autre chose! A peine le souper de la caserne était-il mangé que notre infatigable inspecteur se disposait à faire sa ronde de nuit. Il fallait voir avec quel bienveillant empressement le gardien de la grille de la rue de la Filerie entr'ouvrait un coin de sa haute porte pour laisser passer *la Bombarde* dans ce port si bien gardé, et où jamais aucun être humain n'aurait pu s'introduire sans donner le mot d'ordre à la garde ou le mot de ralliement à l'impassible sentinelle. Mais lui n'avait pas de mot d'ordre à donner; son museau lui servait de passeport, et ses bonnes intentions étaient trop universellement reconnues pour qu'il inspirât la plus petite défiance aux hommes chargés de la surveillance des arsenaux et des magasins.

Les sentinelles posées la nuit, dans les parties les plus solitaires du port, ont d'autant plus besoin d'être surveillées, que la moindre négligence de leur part peut souvent leur coûter la vie, ou compromettre la sûreté générale.

Lorsque, par exemple, les forçats parviennent, pendant une nuit obscure, à briser leurs fers épais, ces malheureux cherchent, en tuant les sentinelles qui pourraient s'opposer à leur passage, à se frayer une voie sûre pour gagner le fond du port et se jeter dans la campagne.

Malheur, dans ces moments, au factionnaire qui cherche dans sa guérite un abri contre la pluie ou le vent! Le forçat qui s'évade, armé d'une *gournable* en fer, cloue au pavois de la guérite l'imprudente sentinelle qui s'est laissée aller au sommeil. Que de fois les officiers de ronde n'ont-ils pas rencontré, baignés dans leur sang, les malheureux soldats dont les forçats avaient coupé le bout des pieds avec un cercle en fer, qu'ils avaient réussi à convertir en une faux tranchante! Une sentinelle ne sait pas ce qu'elle risque dans les postes éloignés, en s'enveloppant de sa capote, et en frappant du pied le rebord de cette guérite autour de laquelle rôde si souvent le désespoir du galérien qui soupire après la liberté!

Les vieux soldats seuls, quand une pluie douce, descendant autour d'eux, invite les galériens à s'évader, savent prévenir l'événement en tournant, le fusil armé, aux environs de leur guérite. C'est la chasse qu'ils font alors, bien plus qu'une faction; et lorsque le galérien déserteur croit se débarrasser d'un incommode surveillant, en se jetant sur l'asile de la sentinelle, celle-ci lui lance son coup de fusil ou sa baïonnette dans le corps, et crie: *A la garde!*

La Bombarde avait soin de faire sa ronde dans les postes ordinairement les plus menacés, et lorsque surtout des soldats nouvellement arrivés au régiment, se trouvaient placés à ces postes, il sentait un conscrit à une lieue de lui. Dès qu'il rencontrait une sentinelle endormie, il la tirait par le pantalon ou la guêtre, avec humeur, avec autorité même, comme pour lui reprocher son imprudente négligence, et il paraissait lui dire: *Tu ne sais donc pas, malheureux! qu'il y va pour toi de la vie?*... Quand la sentinelle n'était que réfugiée dans sa guérite, le caniche de ronde l'obligeait à en sortir, et ne lui laissait de repos que lorsqu'elle avait repris le cours de sa promenade accoutumée.

Si, dans ses excursions nocturnes, le chien avait eu vent d'un forçat déserteur, oh! alors, l'affaire du fugitif était claire: le chien courait donner l'éveil à tous les postes; ses aboiements appelaient la garde, et la garde, sur les pas de *la Bombarde*, était certaine de faire une bonne capture. Une ronde d'officier supérieur produisait moins d'impression dans le port de Brest, qu'un des aboiements de *la Bombarde*. Homme, avec son intelligence et son nez, le caniche aurait occupé un grade élevé. Chien, il marchait à quatre pattes, et ne subsistait que grâce à la commisération et à l'amitié des militaires ses camarades. La nature est-elle juste, en faisant des chiens plus intelligents que certains hommes, ou certains hommes moins intelligents que certains chiens?

Les anciens, dès qu'un conscrit arrivait au régiment, ne manquaient jamais de dire au dernier venu: «Tu vois bien ce caniche-là, n'est-ce pas? eh bien, c'est le chien de l'artillerie! Cette nuit, il te réveillera, si tu dors; et ne t'avise pas de lui faire du mal, car tu aurais à faire à tout le régiment.»

Un jour, jour de malheur et de fatalité! un gros Lorrain tombe avec un groupe de beaux frais conscrits, à la caserne. Le tour de garde du nouvel agrégé arrive; on oublie de lui donner le mot d'ordre au sujet du chien de ronde; la nuit vient; le gros Lorrain se trouve placé auprès de la Tonnellerie. *La Bombarde* commence, comme d'habitude, son service à minuit. Le silence qui règne autour de la guérite de la Tonnellerie l'inquiète: il veut surprendre le factionnaire, pour avoir le droit de le réveiller en grognant. Le factionnaire, en effet, sommeille profondément, l'épaule appuyée sur le côté de sa guérite, et le fusil posé entre ses jambes affaissées. A cet aspect, *la Bombarde* recule; il revient bientôt à la charge, et de sa dent animée il tire avec humeur le bas de la guêtre du conscrit, qui, surpris désagréablement au milieu de son somme, commence à avoir peur d'abord, et finit, une fois rassuré, par donner un grand coup de pied au chien importun qui est venu le déranger si mal à propos. *La Bombarde* s'irrite; le conscrit se met en colère; l'un n'a que ses dents et son bon droit; l'autre, sa baïonnette et son fusil. La lutte s'engage, et le malheureux chien tombe, percé de coups, sous la main de celui qu'il a peut-être arraché à la mort.

Le caporal de la porte du Moulin-à-Poudre vient à une heure du matin relever gaîment la sentinelle. A quelques pas de la guérite, son pied rencontre quelque chose qui l'embarrasse: c'est le corps d'un chien mort! La lune commençait à éclairer cette partie du port. Un funeste pressentiment engage le caporal à porter attentivement les yeux sur l'animal qui gît là sans vie auprès de la sentinelle, qui voit avec délices le moment où elle va retourner à son corps-de-garde bien clos et bien chaud.... «C'est la Bombarde! s'écrie avec effroi et douleur le caporal.... On l'a tué!... Qui l'a tué?...—C'est moi, répond niaisement le conscrit.—Vous, gredin?—Ah! mais, caporal, c'est qu'il m'a mordu aussi!—Tu es de service, reprend le caporal, rends-en grâce au ciel! Mais demain il fera jour, et tu descendras la garde.—Sans doute que je la descendrai!—Oui, Jean-fesse, tu la descendras, mais pour que tout le régiment te passe sur le corps.»

Le poste, instruit du triste événement, accourt. Les restes de *la Bombarde*, enveloppés dans une capote, passent la nuit au corps-de-garde, et les plaintes et les malédictions du poste tombent sur l'infortuné meurtrier du caniche. Le conscrit ne dit mot; la garde, relevée à midi, regagne le quartier; le conscrit quitte sa giberne et son fusil; mais le caporal lui a dit à l'oreille de garder son sabre. Ce mot est significatif.... On se rend dans les douves de la ville, auprès de la porte de Landernau. Là, le vengeur de *la Bombarde* force son meurtrier à croiser le fer, et en moins d'une seconde l'âme du conscrit va rejoindre celle *du chien de l'artillerie*, si toutefois un chien qui eut plus d'intelligence que la plupart des humains, peut avoir une âme.

Tout un régiment, pendant une semaine, porta le deuil du caniche, sur sa figure. Le souvenir du chien de l'artillerie vit encore dans la caserne qui a vu, depuis le trépas de *la Bombarde*, la guerre et la mort renouveler cinq à six fois le régiment des canonniers, dont il surveilla le service pendant toute sa vie.

CINQUIÈME PARTIE.

Causeries, Contes, Aventures

Et Traditions de Bord.

I.

Causeries de Marins.

Il faisait calme plat: une tente ombrageait le gaillard d'arrière des rayons d'un soleil ardent, et l'équipage inoccupé se livrait à ces entretiens bizarres, saccadés, variés et quelquefois piquants, comme tout ce qui porte l'empreinte du caractère saillant des marins. Nous nous trouvions alors par le travers des Bermudes. Un matelot borgne (et je me le rappelle d'autant mieux, que cet incident de physionomie me l'avait déjà fait remarquer) se tenait sur la barre immobile, en regardant à chaque instant, de l'oeil qui lui restait, si quelque peu de brise ne s'élevait pas d'un des points du magnifique horizon qui nous entourait de son cercle immense. Le capitaine, en corps de chemise, fumait indolemment un cigare, allongé sur son banc de quart, comme s'il avait foulé l'ottomane la plus élastique.

—Théodore, dit-il brusquement au matelot qui était à la barre du gouvernail, où diable as-tu donc perdu ton oeil!—Ma foi, *cap'taine*, répond le matelot, un peu embarrassé de cette question imprévue..., vous me demandez *où c'que* j'ai perdu mon oeil?... Mais dame!... je l'ai perdu à la lecture..., et puis d'un coup de poing.—Ah! tu sais donc lire?—Pardieu! si je sais lire! j'ai eu assez de mal à l'apprendre pour m'en souvenir; et tenez, l'endroit où j'ai fait mon éducation, n'est pas loin de nous à présent. C'est à Saint-Georges-des-Bermudes. J'étais prisonnier là, et un canonnier d'artillerie de marine, pris sur le même navire que moi, m'a appris la lecture dans le livre de l'*École du canon à bord des vaisseaux* de S.M.I. et R.—Mais qui donc t'a défoncé l'oeil qui te manque?—Est-ce que je ne vous l'ai pas déjà dit: il a coulé à la lecture, et puis un coup de *poing de bout* d'un mauvais sujet, *un espèce* de maître de danse *d'à bord du Messager* m'a fait le reste dans une dispute *ou c'que* je n'avais pas tort.—Que faisais-tu donc aux Bermudes, quand tu y étais prisonnier?—Mais je montrais la langue française, quoi, *cap'taine*!—Toi, la langue française! et savais-tu assez d'anglais encore pour te faire comprendre de tes élèves? — Pardieu, je crois bien! *j'étiommes* deux prisonniers qui *saviommes* l'anglais et le français, comme les Anglais même et des capitaines de vaisseau! A ce dernier trait de naïveté et de modestie, le capitaine ne put s'empêcher de rire aux éclats; le matelot au contraire semblait piqué de ce que son chef se permît d'élever des doutes sur son savoir en fait de langues. — Mais, *cap'taine*, vous riez, lui dit-il: donnez-moi plutôt un coup d'eau-de-vie et un livre anglais, et si je ne lis pas le livre anglais tout aussi bien que j'avalerai l'boujaron, vous m'ferez r'trancher ma ration d'vin pendant toute la traversée. — Mousse! s'écrie aussitôt le capitaine, va me prendre un verre d'eau-de-vie, et apporte-moi un de mes livres anglais. Le mousse monte quelques secondes après avec un large verre d'eau-de-vie et une petite brochure que le capitaine ouvre alors et présente à Théodore. — Tiens, lis-moi ce titre-là. — *Cap'taine*, dit *Théodore*, un peu embarrassé, j'vous préviens que j'entends bien l'anglais à la parole, mais que je ne sais pas bien lire à l'écriture ni à la lecture. — C'est égal, lis-moi cela. — *Théodore* songe alors à déchiffrer le titre de la brochure: The pi...l...o...t... the pilot... c...o...ast, at... lan...t...i...c... b..i..grec...bi..; R...o..ro... b...e...r...t... Robert... B...l...ac...k... f...o...r...d... ford, *blague forte*. — Eh bien! reprend le capitaine, après que Théodore a fini sa laborieuse appellation, ce n'est pas difficile à traduire cela! Sais-tu ce que ça veut dire en français? — Ma foi, ça veut dire, répond le matelot, assez en peine d'attacher quelques idées aux mots de *Coast* et d'*Atlantic,* ça veut dire que... — Allons, voyons, accouche donc de ta traduction! — Eh bien! cap'taine, ça veut dire en bon français que le pilote, ou celui qui tient à présent la barre, *blague fort*, après avoir bu l'coup de chnick, et qu'il ne sait pas un mot d'anglais.... Voilà!

II.

Les deux Aspirants.

Parmi nous, gais aspirants de marine, il y avait des contes de faux-ponts que chacun brodait à sa manière, comme ces charges que les élèves peintres se plaisent à inventer et à embellir dans leurs loisirs d'atelier.

La plus petite bizarrerie dans un événement, du reste fort ordinaire, donnait lieu quelquefois à des exagérations qui ensuite finissaient toujours par être enregistrées dans les annales burlesques de la charge du bord. Les aspirants étaient les caricaturistes de la marine, et en cette qualité ils remplissaient leur mission avec un scrupule dont plusieurs notabilités de l'armée navale n'ont pas toujours eu lieu de se féliciter.

Au nombre de leurs charges favorites, je m'en rappelle une qui pour nous n'était pas dépourvue d'originalité. Peut-être qu'en la retraçant ici à l'aide de mes souvenirs, elle perdra à la lecture une grande partie du mérite qu'elle avait dans la tradition. Mais à quinze ou dix-huit ans on n'est pas difficile sur la valeur des contes qui amusent. Tout ce qui fait rire à cet âge est de bon aloi; mon conte aujourd'hui paraîtra peut-être impossible, d'assez mauvais goût? N'importe! je le hasarde parce qu'il m'a plu il y a quelque vingt années. Personne ne sera forcé de le trouver exquis, délicieux; le voici:

Un vieux chef de timonnerie avait un fils à qui il fit donner une assez bonne éducation pour qu'à quinze ans il devînt aspirant de seconde classe.

Le père Larigot ne se sentait pas d'aise d'avoir réussi à faire du fils Larigot un sujet qui, imberbe encore, se trouvait presque aussi avancé en grade que l'auteur de ses jours. Il obtint, pour rendre ce glorieux rapprochement plus frappant à tous les yeux, de faire embarquer son héritier sur la même frégate que lui.

Larigot était brave homme, mais un peu grotesque dans son langage et ses manières. Son fils commençait déjà à se sentir de l'ambition; cependant on le voyait encore se promener familièrement avec son père bras dessus, bras dessous, sur la dunette ou sur le gaillard d'arrière.

Le dimanche, lorsque le père timonnier demandait à aller à terre, les bras bariolés d'un double galon de sergent-major, le fils aspirant consentait à l'accompagner avec son frac bleu couronné des deux trèfles d'uniforme. Ils allaient même ensemble boire de la bière et sabler, par-dessus tout cela, le verre de punch, tant le père était glorieux de pouvoir trinquer avec son cher enfant!

Un soir, l'enfant ramena à bord le vénérable auteur de ses jours, un peu pris de boisson. Le lieutenant de garde félicita le jeune aspirant sur sa piété filiale. On mit le père à la fosse-aux-lions, et les collègues du fils Larigot ne manquèrent pas de plaisanter le jeune homme sur la ribotte qu'il venait de faire en famille. De là un coup d'épée du fils Larigot avec un de ses malins confrères. Le père, sorti de la fosse-aux-lions par l'intercession du fils, servit de témoin à l'enfant, qui se battait pour lui. Après le duel vint le déjeuner, comme c'était alors la règle. Le père Larigot se grisa une seconde fois avec les aspirants; seconde visite du père Larigot à la fosse-aux-lions en arrivant à bord. C'était justice. En 1804, le fils s'avisa de choisir pour maîtresse une femme que le père courtisait, et qui devint, malgré les filiales représentations du jeune homme, la belle-mère de notre aspirant de deuxième classe.

Le commandant de la frégate, choqué de l'inconvenance qui pouvait résulter de la présence du père et du fils à bord du navire où ils occupaient des grades à peu près égaux, débarqua le père.

Avec un peu de travail le fils devint aspirant de première classe, et le père se félicita encore d'avoir donné le jour à un garçon qui était devenu son supérieur. Funeste joie, triste orgueil de père! que de larmes il devait lui coûter!

La flottille de Boulogne fut créée. Il fallait bien des capitaines pour trois ou quatre mille prames, chaloupes canonnières, bateaux-plats, bombardes, péniches et bateaux-canonniers. Le père Larigot devint capitaine de canonnière en sa qualité de chef de timonnerie, grade dans lequel il devait stationner toute sa vie.

Le fils, par une singulière coïncidence, commandait une section de canonnières, qui se rencontra sur les côtes avec la canonnière que montait le père Larigot. Comme le guidon de commandement était à bord du fils, et que le père manoeuvrait fort mal, le commandant de la section ordonna, par un signal, les arrêts au capitaine de la canonnière dont il ne connaissait que le numéro et la mauvaise manoeuvre.

Le lendemain il apprit qu'il avait puni son respectable père, et celui-ci eut la douleur d'apprendre qu'il avait été puni par son garçon à la face de toute la flottille de Boulogne.

Sortons de cet état, s'écria-t-il, en recevant le compliment de condoléance de son fils; si j'avais su les mathématiques, l'empereur m'aurait fait enseigne auxiliaire. Apprends-moi ce que je ne sais pas et ce qui me manque pour avancer; il m'en coûtera moins de recevoir des leçons de mon fils, que d'un professeur étranger.

Le père avait la tête dure: le fils était vif. Souvent il arriva au maître de dire à l'élève, celui qui l'avait mis au monde, qu'il ne savait ce qu'il disait, et celui-ci s'emporta contre le professeur, qui lui jeta l'éponge du tableau au visage. L'élève resta chef de timonnerie.

Les aspirants alors étaient en bon train pour avancer. Le fils Larigot devint enseigne de vaisseau à la barbe déjà grise du père Larigot. Dès lors il n'y eut plus entre eux de commun que le nom.

Lorsque l'enseigne entrevoyait dans les rues la face rubiconde du chef de timonnerie, il changeait de route, et le père Larigot poursuivait obstinément sa géniture dénaturée, en lui criant: Tu es un orgueilleux, un enfant sans entrailles, à qui j'ai eu la bêtise de mettre des épaulettes sur le dos! Comment ai-je pu faire tout seul avec ta défunte mère, que le ciel confonde! un garnement de cette espèce! Et le fils murmurait en enrageant: Comment se fait-il que je sois le fils d'un tel ivrogne!

Quelques années se passèrent sans que le père, envoyé à Brest, revît le fils, qui se trouva embarqué à bord d'un vaisseau de la division d'Anvers.

Un beau jour, des escouades de maîtres, de quartiers-maîtres et de matelots, arrivèrent dans ce dernier port pour être réparties entre les différents bâtiments qui composaient l'escadre.

Les commissaires de marine, qui dans ce temps-là du moins avaient la plume assez malencontreuse, désignèrent le chef de timonnerie Larigot pour être embarqué à bord du vaisseau même où le fils faisait, en sa qualité de plus ancien enseigne du bord, le service de lieutenant. Il était justement de garde quand le chef de timonnerie vint lui présenter son billet d'embarquement.

—Lieutenant, j'ai l'honneur.... Mais il me semble, si je ne me trompe, que....

—Comment vous nommez-vous?

—Vous le voyez... tu le vois bien, sur ce billet.

—Quoi! c'est encore vous? que le diable vous emporte!

—Que le diable t'emporte toi-même, entends-tu, mauvais garnement de fils!

—Capitaine d'armes, conduisez-moi cet homme à la fosse-aux-lions, et s'il raisonne, qu'on le mette aux fers.

—Ciel! est-il possible d'avoir un fils de cette façon! Mais non, tu n'es pas mon enfant, je te renie et je te maudis.

—Vous avez raison; je ne suis que votre supérieur. Conduisez cet homme à la fosse-aux-lions.

Le malheureux père alla maudire pendant sept à huit jours à la fosse-aux-lions et sa paternité et le sort qui le condamnait à croupir dans un grade où tous les blancs-becs d'aspirants lui avaient déjà passé sur le corps.

Mais le père Larigot dans son infortune avait du moins une consolation. La femme qu'il avait épousée malgré les calomnieuses représentations de son indigne fils, était encore jeune; elle avait voulu le suivre de Brest à Anvers, et, en dépit de la discipline du bord qui ne permettait pas aux bâtiments de l'escadre de recevoir des femmes, elle était parvenue à s'introduire sous un costume de novice. Un petit mousse assez espiègle, qui devina le travestissement de l'*épouse* du chef de timonnerie, parvint, en se rendant à bord dans l'embarcation du soir, à lui inspirer assez de confiance pour qu'elle lui avouât que c'était M. Larigot son mari, qu'elle allait voir sous le déguisement qui cachait son sexe.

Ce petit mousse était celui de l'enseigne Larigot; enfant trop dévoué à son maître, il répond à la pauvre dame:

—Oui, votre mari, je sais ce que c'est: mon maître n'a jamais dit qu'il fût marié, mais c'est égal. Aussitôt que nous serons arrivés le long du bord, vous vous glisserez par un sabord de la batterie avant qu'on ne vienne visiter l'embarcation, et je me charge du reste. Comme il fait nuit et que mon maître est couché, tout s'arrangera au mieux.

Le canot arrive, madame Larigot, aidée du petit mousse, se glisse comme un rat par le sabord entr'ouvert au-dessous duquel se balance l'embarcation. Le mousse saisit par la main celle qu'il croit être la mystérieuse maîtresse de son maître, et il la conduit, elle ignorante des usages du bord, dans la chambre même de l'enseigne Larigot, qui déjà dormait du sommeil le plus profond.

Une voix toute féminine le réveilla en tremblotant. La porte ouverte par le mousse se referme sur ce couple infortuné ou trop fortuné.... Comme on voudra.

—Mon ami Larigot, c'est moi!... si tu savais ce que j'ai été obligée de faire pour venir te voir à bord!... je me suis déguisée.

Et des baisers que la pauvre femme croit les plus conjugaux du monde, empêchent l'enseigne, encore tout étonné de sa bonne fortune inespérée, de répondre à d'aussi tendres preuves d'amour.

On assure que la nuit cacha, de ses voiles obscurs, une scène à peu près incestueuse.

Une demi-heure se passa; madame Larigot croyait toujours être dans les bras de son mari.

Mais l'erreur dura trop ou trop peu; dès qu'il ne lui fut plus possible de se méprendre sur la non-identité des personnes, la victime de cette méprise se mit à crier, en s'échappant des bras de celui qui n'était pas son époux. Le canonnier de faction à la porte de la Sainte-Barbe, où était la chambre de l'enseigne, accourt à ce bruit; on se réveille, des fanaux viennent éclairer la scène, et le fils Larigot reconnaît, dans sa facile et nocturne conquête, sa belle-mère!

A bord d'un vaisseau de ligne, les nouvelles de cette espèce circulent vite. On n'épargna pas, une demi-heure seulement, à la susceptibilité conjugale du père Larigot, la connaissance d'un événement qui devait encore ajouter à la haine qu'il avait conçue pour son malheureux fils. Méconnu, injurié et bloqué par lui! passe encore, s'écria-t-il, dans son délire. Mais co... co... cohabiter avec ce monstre qui déshonore mes cheveux blancs en subornant ma femme, non: je ne le souffrirai pas! Qu'on me donne un poignard, un pistolet, un couteau, n'importe quoi!

Le gardien de la fosse-aux-lions lui répond avec le plus grand sang-froid:

—Je n'ai rien de tout cela à votre service pour le moment.

—N'y a-t-il pas ici un épissoir?

—Oui, mais vous aurez bigrement de la peine à vous tuer avec ça.

—N'importe! j'essaierai; je ne puis plus vivre.

—Tenez, chef, voilà celui qui pique le plus.

Et l'infortuné père Larigot prend son épissoir et d'une main conduite par la rage, il s'enfonce violemment entre les côtes le fatal et lourd instrument que l'imbécillité du gardien lui a offert.

Le fils Larigot ne se montra pas inconsolable en apprenant la fin malheureuse de son père; lui-même périt d'une manière funeste quelque temps après, en prenant un bain de pied dans une assiette à soupe.

La morale de cette histoire déplorable est qu'on ne doit jamais naviguer à bord du même navire que son père.

III.

Dialogue

ENTRE LE CONTRE-MAITRE D'ÉQUIPAGE LESTUME ET LE NOVICE LHOMMIC.

Sur le gaillard d'avant d'un vaisseau de l'expédition d'Alger.

Lhommic.—Sans être trop curieux, maître Lestume, pourrait-on demander si j'allons, oui ou non, à Alger, et si c'est sûr que l'on se tapera?

Lestume.—C'est possible; mais ce n'est pas si sûr que du vinaigre.

Lhommic.—Pourquoi donc cela?

Lestume.—Parce que le vinaigre est ce qu'il y a de plus sûr au monde.

Lhommic.—Mais c'est pas ça que j'voulais dire; j'voulais comme qui dirait vous d'mander si Alger est fort?

Lestume. —Est-ce que tu as vu des forts qui étaient faibles? Alger est un fort, n'est-ce pas? Eh bien, qui dit fort, dit tout; parce qu'un fort est un fort, quoi!

Lhommic. —Sans vous commander, voulez-vous me dire tant seulement si c'est une île?

Lestume. —C'est une île, et c'est pas une île; c'est une terre, et ce n'est pas une terre; c'est l'un et l'autre.

Lhommic. —Je me suis laissé dire qu'il n'y avait pas d'eau?

Lestume. —Qué qui t'a dit cela? Il y a quinze brasses d'eau à demi-encâblure de la côte.

Lhommic. —Mais j'entendais de l'eau bonne à boire.

Lestume. —Eh bien, s'il n'y a pas d'eau, on boira du vin; voyez donc le grand mal!

Lhommic. —C'est pas moins une belle chose, qu'la guerre, comme on dit, mais quand on en est revenu.

Lestume. —C'est bon à dire à terre, c'te parole; mais à la mer, j'avons chaviré le proverbe, et j'disons qu'la guerre est une belle chose quand on y va.

Lhommic. —Oui, mais s'il y a, pas moins, beaucoup d'canons à ce fort d'Alger....

Lestume. —Eh bien! tant plus d'canons à prendre, tant plus à la part quand ils seront pris, comme disaient les frères de la côte de Saint-Domingue; mais t'as pas connu ça, toi, et t'as pas même assez d'connaissance pour l'avoir deviné.

Lhommic. —Mais l'vaisseau ne marche pas; avec une brise carabinée, il n'file qu'huit noeuds.

Lestume. —C'est égal; *qui va piano va sano*, comme dit l'Anglais.

Lhommic. —C'est pas l'embarras, j'arriverons toujours assez tôt; car une fois que j'serons là....

Lestume. —Eh bien, une fois que tu seras là, au premier coup de sifflet d'*embarque les grands canotiers!* tu prendras ton aviron en forme de plume, t'arrimeras des soldats entre les bancs, t'iras le bout à terre, et quand t'auras débarqué le pousse-caillou, tu pousseras de fond avec la gaffe, et tu reviendras à bord prendre ton poste de combat, s'il y a moyen de se seringuer avec la terre. Quand l'pavillon z'a-t-été insulté, il faut en découdre, je ne connais que cela.

Lhommic. — Mais l'pavillon a-t-il été bien-t-insulté?

Lestume. — L'commandant l'a dit, toujours; et il doit s'y connaître, lui qu'a toujours fait la guerre en temps de paix. Tu n'étais donc pas là, quand il a fait un coup d'platine avec l'équipage? «Enfants! qu'il a dit, l'pavillon d'Henri IV a-t-été blasphémé et molesté, et j'compte sur vous pour aller le laver dans le sang des *Barbaresses*!»

Lhommic. — Qu'est-ce que c'est que le sang *barbaresse*?

Lestume. — Imbécile! tu ne vois pas que c'est le sang des Barbares?

Lhommic. — C'est donc des Barbares, que les bourgeois qui sont dans Alger?

Lestume. — Je crois bien, puisqu'ils ont insulté l'pavillon d'Henri IV.

Lhommic. — Mais c'est pas l'pavillon d'Henri IV, puisque Henri IV n'était pas dans la marine.

Lestume. — Allons, t'es trop borné pour entrer avec moi dans les explications de l'histoire. Mais j'suis pas fâché d'aller un peu m'taper avec ces parias-là; il y a long-temps que j'n'avons entendu des grognards de 36; je commençais à me rouiller.

Lhommic. — Mais vous étiez pas moins, pourtant, à Navarin?

Lestume. — Oui, mais ça compte pas, ça. Les Turcs, c'est pas des matelots: c'est des chalandous de la rivière de Nantes, et c'est pas plus marins que des Parisiens.

Lhommic. — Ah! ma foi, moi, j'aime mieux rester rouillé, que d'me dérouiller à coups de boulets.

Lestume. — Oui, j'crois avoir doutance que t'as pas le coeur bien guerrier; mais je te relev'rai l'courage, n'aie pas peur. J'ai demandé z'au capitaine de frégate à te donner z'un poste sur la dunette, parce que c'est là qu'il y a le plus de tabac à recevoir dans un combat, et ça forme un jeune homme plus vite. Et puis, vois-tu bien, j'ai dit au capitaine d'armes, qu'est mon ami: «Quand vous ferez votre ronde dans l'combat, pour voir s'il n'y a pas des capons aux pièces, faites-moi l'amitié d'passer votre sabre dans l'ventre au petit Lhommic, qu'est de mon pays, Breton comme moi, et qui m'a-t-été recommandé, s'il n'y va pas rondement.» Ainsi, si tu fais un mouvement horizontalement, t'es bien sûr d'être pas manqué.

Lhommic.—A votre idée, maître Lestume! Mais c'est z'une drôle de recommandation que vous avez donnée là au cap'taine d'armes.

Lestume.—Ecoute donc, c'est comme j'te dis: l'capitaine d'armes et moi, j'sommes une paire d'amis, et on s'rend d'petits services à la mer, comme de raison; et il ne sera pas dit qu'un Breton comme moi, un enfant de Brest, aura fait la galine à bord d'un vaisseau où c'que maître Lestume a été contre-maître du gaillard d'avant, et dans un combat où il y a des coups, Dieu merci, à recevoir pour tout l'équipage.

IV.

Première Causerie du gaillard d'avant.

Le novice Ivon. — Dites donc, maître Laouénan, vous qu'avez vu le Grand-Mogol, qu'est-ce que c'est, sans être trop curieux?

Maître Laouénan.—C'est un Mogol qu'a une barbe respectable, toute blanche, jusqu'à son pont de culotte, et qui, tout d'même, n'a pas de pantalon, attendu que c'est une manière de Turc ou d'Ottomane, comme on dit dans le pays.

Le novice Ivon.— Ah çà, c'est-il tout d'même un bon homme?

Maitre Laonénan.—C'est un homme si l'on veut; mais, pour des Turcs ou des Ottomanes, c'est ce qu'il faut. Quand il n'est pas content ou satisfait de son conseil, il leur z'y fait couper la tête net, avec un sabre ou une façon de damas.

Ivon.—Les Turcs ou les Ottomanes, c'est donc la même chose, dans le pays?

Maître Laouénan.—Ah! doucement, Jeannette; n'allons pas si vite, en fait d'histoire naturelle. Les *Turcs*, c'est ceux qu'habitent comme qui dirait la Turquie; les *Ottomanes*, c'est les chrétiens qu'adorent Mahomet, ou, autrement dit, *le prophète*.

Ivon. — C'est pas moins un drôle de nom, *Ottomanes*, et je serais curieux d'savoir où ils ont été chercher cette parole-là.

Maître Laouénan. — C'est pas une parole; c'est une qualification *indigène*, ou, autrement, *intrinsèche*; et ça vient du pourquoi qui fait que les Turcs s'allongions toujours sur des grands canapés, comme de véritables *cagnes*, comme tu as pu z'en voir dans la chambre du commandant, le matin, quand tu vas sauberder le tillac, garnis en velours *escramoisi* avec des clous dorés en cuivre.

Ivon. — Le Grand-Mogol a-t-il de la malice dans les yeux, et ça paraît-il un malin b...?

Maître Laouénan. — Oui, mais tant soit peu féroce. Quand il m'a z'aperçu, il a vu à ma figure et à ce que son interprète lui a soufflé à genoux dans le tuyau de l'oreille, que j'étais-t-un Français de nation. Il reconnaît tous les pavillons des individus à la *physolomie* de chacun.

Ivon. — Je me suis laissé dire que les Turcs n'aimaient pas beaucoup les Français?

Maître Laouénan. — Eh bien, tu t'es laissé dire une bêtise, mon garçon. Sur trente-six *ingrédients* que j'étiommes là, Anglais, Portugais, Allemands et Bretons, il ne m'a fait donner que vingt à vingt-cinq coups de trique à l'*orientaliste*, attendu qu'il m'avait reconnu pour Français: c'est des égards qui n'étions pas dans le traité. Les autres ont reçu la *doudouille* complète, à la mode du pays.

Ivon. — C'est pas moins heureux pour vous, d'avoir vu du pays.

Maître Laouénan. — Il n'y a que les voyages qui forment l'homme; et autant de pays qu'on a vus, autant de fois que l'on est propre à tout. Quand on sait demander un verre de vin dans toutes les langues, on ne meurt jamais de faim, dans aucune partie du monde, avec un doublon d'Espagne dans sa poche, et moyennant qu'il y ait du pain où ce que l'on est.

Ivon. — Ah ça, où ce que j'allons de l'heure qu'il est?

Maître Laouénan. — Dans l'*Archipelle*, où ce qu'il y a l'île de Cythère, consacrée à Vénus, la déesse de la beauté et des *rhumatisses*, comme l'a découvert un chirurgien-major que j'avions dans notre voyage d'*exploraison*.

Ivon. — Qu'est-ce qu'on peut voir de bon dans l'Archipède?

Maître Laouénan. — Dites donc, vous autres, v'là-t-il pas une espèce de malgache et de paliaca qui me demande ce que l'on peut voir de bon dans l'*Archipelle*?... Mais, double *lofia*, dans l'*Archipelle*, on voit l'*Archipelle*; c'est comme si tu me demandais ce que tu vois quand tu te fais la barbe.

Ivon. — Eh bien, quand j'me fais la barbe, j'vois mon miroir.

Maître Laouénan. — Et dans ton miroir, qu'est-ce que tu y vois?

Ivon. — Ce que je vois dans mon miroir?

Maître Laouénan. — Oui, qu'est-ce que tu y vois? Attendez un peu, vous autres; il va vous dire ce qu'il voit dans son miroir, quand il s'y voit....

Ivon. — Eh bien, je m'y vois, quoi!...

Maître Laouénan. — Tu n'y vois qu'une b... de bête, comme tu seras toute ta chienne de vie, au nom du Père, du Fils, du Saint-Esprit qui t'illumine, ainsi soit-il! Borde un pouce de l'écoute du petit foc, qui ralingue depuis une demi-heure, et va-t'en te coucher ensuite, pour faire comme le berger et mettre un cornichon à l'ombre.

Deuxième Causerie du gaillard d'avant.

Un matelot. — Dites donc, conscrit, sans vous commander, prenez-moi un bout de c'te corde et halez-moi dessus de toutes vos forces, si vous en avez, par manière d'acquit seulement.

Le conscrit halant. — Savez-vous comment on nomme la mer où nous naviguons?

Le matelot. — La mer inconnue, qui tombe directement dans l'embouchure du lac *Cacafouin*.

Le conscrit. — Tiens, c'est singulier! jamais je n'ai entendu parler de ce lac-là.

Le matelot. — C'est que vous n'avez jamais appris la géographie.

Le conscrit. — Si, certainement; mais le lac Cacafouin ne se trouve pas sur la carte.

Le matelot. — C'est que vous n'avez jamais regardé la carte avec vos lunettes, et en vous bouchant le nez.

Le conscrit. — Qu'est-ce donc que ce lac?

Le matelot. — C'est-z-un lac de poudre liquide à fumer les cannes à sucre: on navigue, dans c'te mer-là, la tête en bas, les pieds en haut, avec une brasse de profondeur, et on ne prend sa respiration que par le dernier bouton de la guêtre.

Le conscrit. — Ah! je vois que vous voulez vous gausser de moi.

Le matelot. — Non pas, mon ami; je ne veux que m'amuser aux dépens du passager. Savez-vous ce que c'est que le passager?

Le conscrit. — Mais, le passager, c'est moi.

Le matelot. — Trop honnête pour vous dire le contraire; mais le passager, c'est une manière de malle vivante, qui boit, qui mange, qui dort, et envers qui on a dit au commandant: Commandant, vous porterez de Brest à l'Ile-Bourbon trois cents citoyens qui ne pourront pas se tenir sur leurs pieds, et à qui vous ferez voir le bonhomme Tropique et la ligne dans une longue-vue où vous mettrez un cheveu.

Le conscrit. — Le bonhomme Tropique est une farce, n'est-ce pas?

Le matelot. — Oui, c'est une farce qui ne vous fera pas rire, à moins que vous n'ayez trois cents kilos de gaîté clouée, doublée et chevillée en cuivre dans l'âme.

Le conscrit. — Mais qu'est-ce que c'est que le bonhomme Tropique?

Le matelot. — C'est le curé de la ligne, qui donne la bénédiction avec des tuyaux de pompe à laver, et qui fait pleuvoir des pois secs, quand il éternue.

Le conscrit. — Et la ligne?

Le matelot. — C'est un grand câble que le grand Chasse-F... a filé par le bout dans le milieu du monde, en voulant appareiller pour couper la côte d'Afrique en deux. Vous ne savez pas ce que c'est, peut-être, que le grand Chasse-F...?

Le conscrit. — Pas plus que le lac Cacafouin.

Le matelot. — Le grand Chasse-F... est un trois-ponts qui a du cent vingt mille tonnerres en batterie, et qui se sert de la lune pour pomme de girouette; il y a dix mille ans qu'on travaille à Lyon et à Rouen pour lui faire un pavillon de poupe. Un jour son commandant a voulu le faire virer de bord vent-devant, et le talon de son gouvernail a touché sur le fond d'Ouessant, tandis que son beaupré a été chavirer tout ce qu'il y avait de servi sur la Table-Bay, au cap de Bonne-Espérance.

Le conscrit. — C'est donc un bien grand vaisseau?

Le matelot. — Ah! mais oui; mais ce n'est pas le tout. Un jour, le commandant a voulu envoyer son mousse pour parer la flamme qui s'était engagée dans un calle-hauban de perroquet, et ce b... de mousse, quand il est descendu, avait la barbe grise et sa demi-solde en poche.

Le conscrit. — L'Anglais ne prendra pas ce vaisseau-là, je crois bien.

Le matelot. — Si, peut-être, mais dans l'année de j'ten f...; il y a trois mille ans qu'on se bat sur le gaillard d'avant, et que le branle-bas d'combat n'est pas encore fait sur le gaillard d'arrière; le commandant n'a seulement pas été réveillé par le charivari que font les caronades d'en avant des passe-avants, et qui tapent dur; mais c'qu'il y a de plus farce, c'est qu'un passager comme vous, à un demi-pouce de nez près, est tombé dans la cale par le grand panneau, et qu'il n'est pas encore rendu à fond de cale: ce particulier-là tombe toujours; il sera mort d'âge avant de se casser les reins.

Le conscrit. — Mais qui est-ce qui commande votre grand Chasse-F...? c'est sans doute le Père Eternel?

Le matelot. — Le Père Eternel? ah bien oui! il n'est que patron de chaloupe, à bord, et il y a dix-huit cent trente ans et le pouce que notre seigneur Jésus-Christ fait du feu sous la chaudière de l'équipage, sans avoir pu encore arriver à faire bouillir la soupe et à faire cuire les boulets de trois mille cinq cent soixante qui serviront de petits pois à la ration.

Le conscrit. — Pourquoi donc que les matelots inventent des bêtises comme ça?

Le matelot. — Mais ils inventent ces bêtises-là pour vous faire croire qu'ils sont plus bêtes que ceux-là qui les écoutent pendant une heure, comme vous le faites là.

Le conscrit. — Vous vous moquez donc de moi?

Le matelot. — Pas trop; mais à vous voir ouvrir la bouche comme une gamelle de sept, j'commence à croire qu'en fait de gaudichonneries, vous avez chargé plus que votre plein, conscrit. (Le matelot s'éloigne en regardant gaîment le conscrit de côté, et en chantant à plein gosier:

Reviendras-tu, toi que mon coeur adore!)

V.

La Casaque du bon Dieu.

A bord d'un brick de l'État se trouvait un maître calfat, très-bon chrétien, fidèle croyant, et un maître canonnier, esprit fort, s'il en fut, goguenardant tout ce qui sentait la religion, un esprit voltairien, en un mot.

Le maître calfat appelait toujours son collègue, *maître* Canon, et celui-ci ne désignait son confrère que sous le nom familier de maître *Mailloche*.

Maître Canon et maître Mailloche avaient souvent ensemble des discussions théologiques, philosophiques et philanthropiques, dont l'équipage s'amusait beaucoup avec tout le respect que l'on devait cependant, au grade et à l'âge des graves interlocuteurs. Nos deux maîtres, malgré le dissentiment de leurs opinions, étaient du reste les meilleurs amis du monde; et leurs petites taquineries ne semblaient même que raviver et rendre leur liaison plus piquante. C'est ainsi que deux arbres dont le feuillage est différent, enlacent leurs branches pour confondre leurs fruits confraternels, et résister, s'il le faut ensemble, à la tempête.

Le brick sur lequel naviguaient nos deux amis, relâcha pendant la guerre, au Passage, port espagnol, situé à l'entrée de cette Bidassoa, que les troupes impériales n'avaient pas encore passée, pour aller porter le ravage dans la Péninsule. Nous étions, enfin, en paix avec les Espagnols.

Quelques jours après leur entrée dans le port, les deux maîtres demandèrent la permission d'aller passer la journée du dimanche à terre. L'un avait revêtu son uniforme de sergent d'artillerie de marine, l'autre avait endossé le large habit de sa profession avec son collet bordé d'un large galon d'or. La toilette était complète, car chacun des deux amis sentait le besoin de ne se montrer qu'avec dignité aux yeux d'une population étrangère.

A peine rendu à terre, le maître calfat, malgré la dureté de son oreille trop bien faite aux coups redoublés du marteau, entend des chants religieux remplir une vaste église. Ces accents de piété allèchent notre dévot; mais il n'ose pas quitter son compagnon, pour aller entendre la messe qui le séduit. Le maître canonnier, devinant l'envie et l'embarras de son camarade, lui propose de l'accompagner jusque dans le sein de l'église apostolique et romaine.

—Quoi! vous tâteriez d'une messe, maître Canon, par égard pour moi?

—Et pourquoi pas, maître Mailloche? On peut n'être pas de la même idée sur ces bêtises-là, mais ça n'empêche pas d'aller avec ses amis, en haussant les épaules pour eux.

—Vous hausserez donc les épaules pour moi, n'est-ce pas?

—Oui; mais vous avalerez votre messe pour vous, et si ça vous fait du bien, ça ne m'empas d'être content de moi.

Les deux amis entrent à l'église. L'un tire de son petit sac de toile à voiles, son petit livre de messe, et il se met à chanter pieusement faux, en latin, à la grande édification des Espagnols qui l'entourent. L'autre, obligé de suivre les dévots mouvements de la foule, de s'agenouiller, de se faire donner la bénédiction en courbant le dos, murmure tout bas qu'il aimerait cent fois mieux faire la charge en douze temps, que l'exercice commandé par un moine.

L'office divin touche à sa fin, cependant! le sacrifice de la messe est offert, et sans doute aussi accepté. La foule s'écoule religieusement, et nos deux compagnons vont, n'ayant rien de mieux à faire, se promener dans les rues du Passage.

L'heure du dîner arrive: l'appétit vient avec elle à nos promeneurs. —Ah çà, demande maître Canon, nous ferez-vous jeûner encore, après m'avoir fait avaler une messe qui ne m'a pas rempli du tout l'estomac? —Non pas, maître Canon, nous allons, si vous voulez, monter dans cette petite auberge, au premier étage. Ma religion, à moi, ne défend pas de manger et de boire à son contentement. L'Évangile est là pour un coup, d'ailleurs: «Donnez à boire à qui a soif.»

—J'ai soif, moi.

—Eh bien! nous allons boire un coup ou deux, mais *moderato*, comme dit l'Anglais.

—J'ai faim aussi, et bigrement même.

—Eh bien! nous allons manger un morceau, mais ne jurons pas aujourd'hui, car il ne faut pas se ficher du dimanche, qui est le jour de Dieu. Entrons dans l'auberge, et je dirai le *benedicite* avant de manger, attendu que les Espagnols nous feraient payer plus cher, si nous ne disions pas notre prière avant le repas.

On servit une matelotte à l'oignon aux convives français, qui s'établirent gaîment près d'une petite fenêtre qui donnait sur la rue. Un vin rouge, épais et doucereux, sentant un peu la peau de bouc, leur fut présenté comme la perle des vins du pays. Ils s'en abreuvèrent avec délices et en jasant beaucoup. Une procession vint à passer.

Aux accents nasillards des moines qui entraînaient la foule bruyante sur leurs pas gravement cadencés, le maître calfat fit ses dispositions pour se mettre à genoux; mais avant qu'il ne pût humilier sa figure rubiconde, sur le bord de la fenêtre, on lui cria de la rue, en espagnol: *A genoux, les Français!*

—Ceci sent joliment la farce! s'écria le maître canonnier, qui ne s'agenouillait pas.

—C'est égal, calons nos mâts de hune, et amenons nos basses largues sur les porte-aux-lofs.

—Non pas, ma foi! J'ai entendu une messe à contre-coeur; je ne veux pas amener au milieu de mon dîner pour une escouade de calotins.

—*A genoux, les Français! A genoux, et quelque chose pour le bienheureux saint Sébastien*! cria-t-on de la rue et du milieu de la foule.

—Ah! tu demandes quelque chose pour ton saint, dit maître Canon, attends: tiens, tiens, attrape! et en prononçant ces mots, le sergent d'artillerie jette sur la procession quelques os de poulet rongés jusqu'à la moelle.

—Que faites-vous donc là, maître Canon?

—Je donne quelque chose à ces mendiants, maître Mailloche.

—Vous allez nous faire éreinter, c'est sûr, maître Canon.

—Ah! ils éreintent donc aussi, vos catholiques, quand ils sont mille contre un?

Les prédictions du mystique calfat allaient s'accomplir: les coureurs de la procession ne parlaient déjà de rien moins que d'assommer les deux impies. Le maître calfat, voyant son camarade menacé mettre le sabre à la main, prit un barreau de chaise, pour se défendre en ami généreux plutôt qu'en chrétien résigné au martyre de la canaille. On crie, on hurle et le combat va commencer.

Fort heureusement que pour nos deux assiégés, une des embarcations de leur brick se trouvait non loin de l'auberge où l'on venait de les assaillir. Au bruit de l'attaque, les canotiers français, armés de longs avirons, accourent, et, faisant fuir les Espagnols sous les coups de leurs mobiles balistes, ils parvinrent à tirer maître Canon et maître Mailloche du mauvais pas dans lequel ceux-ci s'étaient engagés pour des os de poulet jetés sur deux ou trois têtes *encalottées*, comme les appelait le sacrilége canonnier.

En arrivant à bord, le soir, les deux amis, encore un peu agités des libations qu'ils avaient offertes à Bacchus et des émotions que leur avaient fait éprouver les Espagnols, ne se dirent pas grand'chose. On les plaisanta un peu sur l'agrément qu'ils avaient dû trouver dans leur promenade à terre, et ils allèrent se coucher, sans daigner répondre aux sarcasmes que leurs confrères restés à bord leur lançaient d'un air demi-goguenard et demi-apitoyé. Mais le lendemain, quand les fumées du vin du Passage furent tout-à-fait dissipées, et que maître Canon et maître Mailloche se trouvèrent en présence, le premier, assis sur la drôme, interpella ainsi son camarade, en présence de tout l'équipage rassemblé pour écouter la discussion, qui paraissait devoir être savante et vive.

—Vous avez vu hier cependant, maître Mailloche, à quoi vous conduit votre belle religion!

—Ce n'est pas ma religion qui a fait tout le mal, c'est vos os de poulet, plutôt.

—Et pour des os de poulet, faut-il tuer un homme, morbleu?

—Ce n'est pas le bon Dieu, encore une fois, qui est la cause de ce qui se fait de mal en ce monde.

—Votre bon Dieu, puisque bon Dieu il y a, a de vilains soldats à son service, et vous pouvez vous en vanter.

—Mais qu'avez-vous tant à reprocher à mon bon Dieu, au bout du compte? N'est-ce pas lui qui a permis aux canotiers de notre bord, de nous retirer de la patte de cette canaille du Passage?

—Comment! ce que j'ai à reprocher à votre bon Dieu? Vous avez le front de me demander cela à moi? Ce n'est pas moi seulement qui lui reproche ce qu'il a fait anciennement: c'est tout le monde.

N'est-ce pas lui qui a fait tenter notre première mère par un serpent à sonnettes, sur un arbre, et qui a puni plus de cinq cent millions d'hommes avant leur naissance, parce que l'épouse de M. Adam, que vous ne connaissez pas plus que l'an quarante, avait mangé une pomme ou une poire de trop?

—Mais si c'est pour votre bonheur que le bon Dieu a fait tout cela?

—Oui, c'est pour notre bonheur à présent, qu'il a rendu malheureux un tas de pauvres b... comme vous et moi, n'est-ce pas? Et puis ensuite, pourquoi le bon Dieu, par exemple, qui est si bon, a-t-il fait le déluge?

—Pour corriger les hommes qui étaient trop méchants.

—Mais puisqu'il est si puissant et si despote à son bord, et qu'il peut tout faire d'un seul commandement, pourquoi, une supposition, n'a-t-il pas dit à ces hommes: *Corrige-toi, tas de gueux et de vermines*, plutôt que de les noyer comme de vrais pourceaux? Belle fichue manière de corriger quelques coupables, que de noyer tout le monde en bloc!

—Vous ne pouvez pas comprendre tout cela, maître Canon; vous n'avez pas la foi, comme on dit.

—Mais je comprends bien la mort de votre seigneur Jésus-Christ, cependant. Votre bon Dieu n'a-t-il pas laissé mourir son fils, comme un simple particulier, par exemple? hein! Ripostez, s'il vous plaît, à cette botte-là, vous qui êtes si crâne dans les écritures?

—Il a laissé mourir son divin fils, pour nous racheter de nos péchés, vous, moi et les autres.

—Eh bien! moi, je vous donne mon billet, que si j'avais été à la place du bon Dieu, j'aurais plutôt vendu jusqu'à ma dernière casaque, que de laisser condamner mon enfant à faire sa dernière grimace sur la croix.

A cette idée de la *casaque du bon Dieu*, les assistants, qui jusque-là avaient gardé leur sérieux, ne purent s'empêcher d'éclater de rire.

Maître Mailloche, tout déconcerté, quitta en marmottant le lieu de la discussion; et maître Canon, tout triomphant, laissa couler sur les traces de son interlocuteur vaincu, un flux d'arguments, au milieu desquels on entendait encore ces mots: *Il m'a fait manger une messe, mais j'ai fait avaler des os de poulet à sa procession.*

Le mot de la *casaque du bon Dieu* n'eut garde d'être perdu à bord du brick. Long-temps encore après le débarquement de maître Canon, on ne parlait de lui qu'en le désignant sous le nom de *la Casaque du bon Dieu*. C'est sous ce sobriquet qu'il navigua à bord d'une douzaine de navires, jusqu'à sa mort.

Que Dieu soit en paix à ce brave impie!

VI.

Le Nègre blanc.

Après le terrible ouragan qui dispersa, pendant la dernière guerre, la division de l'amiral Willaumetz, le vaisseau français le *Foudroyant* se vit forcé de relâcher à San-Salvador, dans la baie de Tous-les-Saints, si justement nommée, en égard à la quantité prodigieuse de saints que chôment les dévots habitants du pays.

A bord de ce vaisseau existait, parmi les canonniers de marine, un grand gaillard, au teint basané, aux cheveux laineux, et que, par allusion à son nez écrasé et à ses yeux tout ronds, ses camarades avaient appelé *le Nègre*. Loin de se fâcher de cette dénomination, notre *Nègre* semblait au contraire la supporter fort gaîment; et s'il avait connu les vers de Ducis, il se serait peut-être même écrié volontiers, en parodiant le Maure Othello:

On m'appelle le Nègre, et j'en fais vanité,
Ce nom ira peut-être à la postérité.

Il n'alla pas tout-à-fait si loin.

Un jour, ayant obtenu de son capitaine de frégate et de son capitaine d'artillerie la permission d'aller à terre, il se dirigea avec quatre de ses camarades vers le fort San-Antonio. Le tafia se boit à bon marché à Bahia, et pour quelques pièces de six liards, les marins peuvent facilement parvenir, par le plus court chemin possible, au comble de l'humaine félicité du matelot, c'est-à-dire à se griser complétement. Nos cinq artilleurs se grisèrent donc, et tellement, que le Nègre, pour égayer la partie, emprunta les vêtements d'un esclave afin de remplir son rôle de noir sous le costume de rigueur du personnage. Je vous laisse à penser les grimaces et les contorsions africaines que fit notre homme, excité par l'hilarité de ses camarades! Il obtint enfin un succès dramatique dont les esclaves de coulisses que nous voyons dans *Paul et Virginie* s'enorgueilliraient. Mais le mouvement que notre canonnier s'était donné pour rendre l'illusion plus complète aux yeux des spectateurs, acheva de lui faire perdre l'usage de sa raison.

L'idée des bonnes grosses farces arrive vite aux marins qui sont descendus à terre pour s'amuser, de manière à ne pas perdre un seul instant.

L'un d'eux dit à ses camarades:—Dites donc, vous autres, si, tandis qu'il est en train de faire ses *macaqueries*, nous lui passions une couche de noir sur son franc-bord, croyez-vous qu'il ne ferait pas encore mieux le nègre?

—Tiens, c'est vrai! repart un autre. Mais avec quoi veux-tu que nous le *galipotions* en noir?

—Avec quoi? Attends un peu; tu vas voir qu'il est plus aisé de noircir un blanc que de blanchir un noir.

Et, en prononçant ces mots, notre Raphaël improvisé se frotte les mains sur le fond des marmites et des casseroles qu'il trouve dans le cabaret, et puis il vient déposer, le plus artistement qu'il peut, cette couche de bistre sur les joues, le front et le cou de notre Nègre, qui se laisse faire, tout en continuant de parler créole à son barbouilleur, et toujours pour rendre la scène plus piquante. Les mains même du Nègre ne sont pas épargnées; et, poussant encore plus loin le scrupule de la vraisemblance, l'artiste alla jusqu'à frotter les pieds du malheureux canonnier, de la suie humide qu'on put recueillir sur le fond des casseroles, qui n'avaient jamais été fourbies, sans doute, avec autant de soin.

Un des artilleurs, séduit par l'illusion, s'avise de s'écrier, avec une admirable bonne foi de spectateur:—Le diable m'emporte! on le vendrait presque pour un noir, tant il est ressemblant comme ça!

Cette exclamation devient un trait de lumière pour nos farceurs, qui répètent presque en même temps: *Vendons-le! vendons-le!* Ces gens-là avaient apparemment entendu parler de l'histoire de *Joseph*. Voilà pourtant comme le texte des saintes Écritures est souvent interprété.

Le nègre, pour rendre la farce qu'il a commencée tout-à-fait complète, consent à être vendu, certain qu'il est de recouvrer ses droits inaliénables d'homme libre en se lavant la figure, ressource que n'ont pas toujours les nègres de bon teint.

On sort, on court, on trouve une habitation. Mes quatre canonniers pénètrent dans une sucrerie; ils demandent à parler au maître. Le maître paraît: il entend un peu le français.

—Monsieur l'habitant, lui dit un des canonniers, voilà avec nous un noir que nous avons eu pour notre part de prise, notre vaisseau ayant amarriné, dans la croisière que nous venons de faire, un négrier anglais de Liverpool. Ce drôle, qui nous sert assez mal à notre plat, n'est bon qu'à être mené durement dans une habitation. Si vous voulez nous l'acheter, nous vous le vendrons bon marché.

L'habitant examine la marchandise. Le teint en est reluisant comme une paire de bottes bien cirées. Notre nègre, toujours a son rôle, baragouine de mauvais français; il fait des gambades qui ne jurent nullement avec l'esprit de son personnage.

—Mais, ce noir est ivre! dit l'habitant.

—Oui, monsieur l'habitant; nous l'avons soûlé pour pouvoir le conduire plus facilement ici.

Notre sucrier ne donna qu'à moitié dans le piége que lui tendaient les canonniers. Il se doutait bien que le nègre qu'on lui offrait pouvait bien avoir été enlevé par les vendeurs sur quelque habitation voisine; mais il était loin de supposer que la marchandise n'était recouverte que d'un enduit de suie. A Bahia, les procédés entre habitants n'allaient pas, en ce temps-là, jusqu'à empêcher un brave producteur de souffler un esclave ou deux à ses confrères en cannes à sucre. Celui-ci demande à nos nouveaux marchands ce qu'ils veulent pour leur part de prise?

—Mais, c'est selon; qu'en donneriez-vous bien?

—Cent pataques, répond l'habitant, qui ne voulait pas laisser passer l'occasion d'avoir pour peu de chose un grand diable qui pourrait devenir un bon sujet sous le fouet d'un contre-maître.

—Mettez-en deux cents, et qu'il n'en soit plus question.

—Non; je ne vous en donnerai que cent-cinquante.

—C'est votre dernier mot?

—Mon dernier mot.

—Eh bien, enlevez, c'est pesé!

Ici le nègre vendu fait mine de pleurer: le maître cherche à le consoler.

—Oh! il n'a pas un mauvais naturel, et vous en ferez quelque chose, allez, monsieur l'habitant. C'est un marché comme on en voit peu, que vous venez de faire là.

L'habitant paie une très-faible partie des cent cinquante pataques. Il fait pour le reste un bon qu'il promet de solder dans quelques jours. On s'empare du nègre vendu: les canonniers s'éloignent. A leur départ, nouveaux cris de désespoir du nègre; nouvelles consolations de la part de l'habitant. Le contre-maître arrive, et veut enchaîner l'esclave, pour être plus sûr de le conserver; mais celui-ci, qui, jusque-là, avait pris le tout en plaisanterie, résiste à la main brutale qui veut lui passer les fers aux pieds. Le contre-maître, accoutumé à plus de docilité, se fâche; l'esclave se regimbe: des aides arrivent. Le maître ordonne d'appliquer au mutin un *quatre de piquet* pour sa bien-venue, et pour lui donner une idée de la discipline à laquelle il faudra qu'il s'habitue. Quatre petits pieux sont fichés en terre; on renverse le patient à plat-ventre, et de vigoureux esclaves attachent chaque main et chaque pied du récalcitrant au pieu qui correspond à chacun de ses membres. L'exécuteur est prêt; le fouet du supplice est levé: il n'y a plus qu'à ôter à la victime le vêtement qui cache la partie charnue sur laquelle doit tomber le châtiment. Mais, ô surprise! au lieu de l'épiderme d'ébène que les esclaves, valets de bourreau, s'attendaient à trouver comme d'ordinaire, sur les muscles arrondis de la région inférieure, ils découvrent une peau plus blanche encore que celle de leur maître!... Le fouet, qui plane sur le postérieur du coupable, reste suspendu dans la main du contre-maître; l'habitant, témoin du spectacle, demeure anéanti.... Mais, reprenant bientôt cette puissance de résolution que l'on recouvre avec le désir de la vengeance, il ordonne que l'exécution ait lieu sans égard pour la couleur de la peau qu'on vient de découvrir à ses yeux irrités. Le *nègre blanc* a beau protester en bon français européen, il a beau invoquer sa qualité d'homme libre et de sujet de Napoléon, il reçoit les vingt-neuf coups de fouet destinés à l'esclave mutin.

Pendant ce temps, que faisaient nos artilleurs, indignes vendeurs de leur collègue?... Ils buvaient le prix de la peau artificielle et des tortures imméritées de leur victime. Celle-ci, rendue à la liberté, ne les rejoignit que juste à temps pour prendre part au reste du gâteau, qu'elle avait si chèrement payé.

Le lendemain, l'habitant, en grande tenue, arriva dans une pirogue à bord du *Foudroyant* pour réclamer du commandant du vaisseau la restitution de l'argent qu'il avait compté aux canonniers, et du billet qu'il avait souscrit pour la valeur du *nègre blanc*.

VII.

Avale ça, Las-Cazas.

Un magnifique corsaire, armé à Bordeaux, je crois, reçut en s'élançant sur les mers qu'il devait ravager, le nom de *Las-Cazas*.

L'équipage du *Las-Cazas* se montrait aussi fringant, que le patron du navire avait été pacifique durant ses courses apostoliques dans le Nouveau-Monde.

Le flamboyant trois-mâts fut pris par les Anglais, quelques heures après son appareillage du bas de la Gironde.

La renommée un peu bambocheuse de l'équipage intraitable du *Las-Cazas*, avait franchi les murs des prisons d'Angleterre, longtemps même avant la mise en mer du coursier, sur les exploits duquel les captifs français avaient fondé les plus hautes espérances. Le *Las-Cazas*, armé comme il l'était, devait venger les prisonniers de tous les mauvais traitements dont leurs vainqueurs les accablaient. La gloire du triomphateur du Trocadéro consola, disent les bons royalistes, la captivité de Napoléon, à peu prés comme les victoires des Athéniens faisaient palpiter de joie Thémistocle, exilé d'Athènes. Il n'y a que manière de s'entendre pour bien prendre les choses.

Mais quand, au lieu d'apprendre les succès du *Las-Cazas*, les prisonniers de guerre de Plymouth virent arriver, pour partager leur réclusion, les pauvres diables capturés sur le corsaire vengeur, un des loustics, des mauvais plaisants de la prison, se mit à hurler: *Avale ça, Las-Cazas*! Il n'en fallut pas davantage; l'exclamation épigrammatique vola de bouche en bouche, et à chaque désappointement, à chaque mystification, les désappointeurs ne manquaient pas de répéter à chaque mystifié, l'éternel, le populaire *Avale ça, Las-Cazas*! Le mot enfin devint proverbe de prison. C'était déjà beaucoup. Il ne resta pas captif dans l'enceinte des cachots où il était né.

De la prison, dont il avait fait long-temps les délices sarcastiques, notre *Avale ça, Las-Cazas*! passa d'abord dans la marine, et il voyagea pendant longues années, sur toutes les mers du globe, à bord des vaisseaux, frégates, corvettes et avisos de notre armée navale; si bien qu'aux rives mêmes où la gloire apostolique du vertueux *Las-Cazas* n'est pas encore oubliée, des matelots, fort peu versés dans l'histoire des conquêtes des Espagnols, répétaient toujours à leurs camarades, pour la plupart grands avaleurs de pilules amères: *Avale ça, Las-Cazas*!

Certaine année de l'empire, je ne me rappelle pas bien laquelle, M. le comte de Las-Cazas, connu pour un mérite peu ordinaire, et pour sa fidélité au malheur, la plus rare de toutes les vertus humaines, arrive incognito à Lorient. Il avait servi quelque peu dans la marine. Il se montra désireux de visiter, en vieil amateur, les vaisseaux de la rade. Il se présente à bord du *Diadême*.

L'enseigne chargé ce jour-là du service du lieutenant de garde, passait à bord pour ce qu'on nomme un bon vivant, un peu goguenard et très-gros farceur. Il reçoit avec politesse le curieux étranger, qui ne lui fait pas, à la première vue, l'effet d'un connaisseur; l'officier de service, cicérone obligé de tout visiteur un peu proprement tourné, fait parcourir les batteries du vaisseau au nouveau-venu, qu'il accompagne, suivi de quelques autres officiers du bord, et tous gens d'une belle humeur, disposés à s'égayer à la première occasion. A chaque station, le visiteur questionne, et le cicérone répond.

—Voilà de bien gros canons, monsieur l'officier: ils doivent porter bien loin?

—Mais, à quatre ou cinq lieues, plus ou moins. On nous donne de si mauvaise poudre.

—Ah! diable, je ne croyais pas que ces gros calibres eussent une aussi étonnante portée!... Mais, ces énormes canons doivent être difficilement maintenus à leur place, quand la mer est grosse. Qu'en faites-vous alors?

—Nous les descendons dans la cale, et chaque officier se fait un plaisir d'en loger un dans sa chambre, pour éviter les accidents que pourraient occasioner les coups de roulis.

Les officiers qui accompagnent le visiteur et le démonstrateur, pouffent de rire; mais décemment, et en étouffant dans leurs mains, leurs bouffées d'hilarité. On continue la promenade.

—A quel usage emploie-t-on ces barres de fer que je vois suspendues auprès de chaque pièce d'artillerie?

—A casser le biscuit des gens de l'équipage, quand il est trop vieux et trop dur pour être mangé couramment. Puis, se retournant vers ses camarades: *Avale ça, Las-Cazas*! répétait notre goguenard, à chaque réponse saugrenue qu'il faisait aux questions de l'étranger.

On arrive, à travers toutes ces plaisanteries répétées presque à chaque pas, à l'étambroir des pompes. C'était là une bonne grosse pièce à faire avaler à notre Las-Cazas; aussi l'officier s'en promettait-il une belle, car le questionneur jusque-là ne s'était pas montré fort difficile sur les morceaux qu'on lui avait donnés à digérer.

—Comment nommez-vous ce genre de pompes, monsieur l'officier?

—On appelle cela des pompes à chapelet. Ce nom leur a été donné par allusion à un usage établi à bord, lorsqu'on est réduit, dans un cas périlleux, à employer cet immense appareil, les matelots disent alors leurs prières en prenant en main leur chapelet, et c'est de là, vous comprenez bien que... (*Avale ça, Las-Cazas*.)

—Le singulier usage et l'étrange dénomination! Mais pourriez-vous me dire si les heuses et les chopines de ce genre de pompes, employé d'abord par les Anglais, sont construites comme celles des pompes aspirantes et à simple brimballe?

—Mais monsieur... cela dépend... (Ici plus d'*Avale ça, Las-Cazas*). L'officier reste interdit à ces mots, qui commencent à sentir le métier. L'étranger reprend:

—Combien pensez-vous qu'avec un semblable appareil, on puisse franchir de pouces à l'heure, à bord d'un vaisseau comme celui-ci, qui ne doit, eu égard à ses façons, franchir qu'à huit ou neuf pouces?

—Mais, monsieur, cela dépend encore... cela dépend du nombre d'hommes... employé à.... Vous comprenez bien?

A l'embarras qu'éprouve l'interrogé, ses camarades, qui, jusque-là avaient beaucoup ri du questionneur, passent du côté de celui-ci, et à leur tour ils soufflent dans l'oreille de leur collègue décontenancé, ces mots terribles, ces mots de la plus poignante dérision: *Avale ça, Las-Cazas*! Le mystificateur mystifié ne sait plus que dire, que répondre aux observations de l'étranger, qui continue à causer hydraulique, statique, bras de levier, croc à mordre dans les fusées, point d'appui, coups de roulis et de tangage, manche en cuir et manche en toile, dalots, brimballe double et martinet simple, etc., etc. Après avoir long-temps parlé seul et parlé fort bien, l'inconnu, jugeant que le supplice de son savant de bord, avait été assez long, lui présente, avec une politesse exquise et déchirante, ses plus humbles remercîments, et lui fait promettre, si jamais il vient à Paris, de lui offrir l'occasion de s'acquitter envers lui de la dette que son obligeance lui a fait contracter; puis l'étranger ajoute:—Vous avez bien voulu, sans me connaître, me faire les honneurs de chez vous. Mais comme il est juste que vous sachiez au moins quelle est la personne que vous avez bien voulu obliger avec tant de délicatesse, vous me permettrez de vous dire que je suis le comte de Las-Cazas; mais *que je n'ai pas tout avalé*.

Les camarades de l'officier désappointé étaient encore là. Je vous laisse à penser s'ils oublièrent de lui insinuer dans l'oreille, un bon et dernier *Avale ça, Las-Cazas*!

Pendant plus d'un mois, le pauvre enseigne de vaisseau ne put ouvrir la bouche pour prononcer un seul mot, sans que ses collègues ne lui répétassent l'inexorable exclamation. Mais, pour lui, il fut radicalement guéri de la manie de *faire avaler ça* à tout le monde.

VIII.

Le petit Coup de Mer.

Dans les contes que les officiers de marine s'étaient plu à débiter aux passagers d'une frégate qui se rendait à Bourbon, ces messieurs avaient beaucoup exagéré l'effet terrible des coups de mer. Les accidents les plus bizarres et les moins croyables n'avaient eu garde de manquer à l'imagination des narrateurs. L'un s'était trouvé à bord d'un navire où, pendant un coup de cape, le mât de misaine, déplanté, était venu prendre la place du grand mât, enlevé par l'effet d'une vague furieuse. L'autre avait été jeté lui-même à cinquante brasses de son navire, et porté, au sein de l'onde écumeuse, à bord d'un vaisseau naviguant de conserve avec le bâtiment que la lame venait de submerger. Un troisième, enfin, s'était vu lancer du port, où il fumait son cigarre, jusque sur les barres du perroquet, qu'une montagne d'eau était parvenue à atteindre, dans la violence de ce mouvement ascensionnel. Les passagères, surtout, écoutaient, en regardant avec effroi les flots qui pendant ces entretiens clapotaient le long du bord, toutes ces folies, racontées du ton le plus sérieux, dans le langage le plus expressif.

Au nombre de ces passagères, il en était une autour de laquelle un jeune sous-lieutenant papillonnait avec grâce, autant du moins que le lui permettaient les coups de roulis et de tangage avec lesquels ses pieds mal assurés n'étaient pas encore très-familiers. Un vieux mari, encore moins fait que le galant aux brusques mouvements du navire, se cramponnait aux bastingages, tandis que sa moitié essayait de se promener sur le pont avec l'aide du bras du sous-lieutenant. Un jour, que la mer était un peu clapoteuse, nos deux promeneurs inexpérimentés tombèrent ensemble sur le gaillard, aux yeux du vieil époux consterné. Les aspirants, oiseaux de mauvais augure du bord, tirèrent pour le mari un triste présage de cette double chute. On releva les deux promeneurs.

En doublant le cap de Bonne-Espérance, la frégate éprouva du gros temps, de ce gros temps pendant lequel les passagers osent à peine risquer un bout de nez à l'ouverture du capot. Plus de jeux innocents sur le pont, plus de conversations intimes sur l'arrière pendant les premières heures du quart de nuit, plus enfin de promenade entre le sous-lieutenant et la jeune marcheuse! Le vent impitoyable avait enlevé dans ses jeux cruels, et nos plaisirs et nos joyeuses distractions. Une cabine installée dans la batterie, avec deux cadres séparés, recélait depuis deux jours l'époux qui ne mangeait plus, et sa jolie petite moitié qui soupirait toujours. Le vieux mari craignait surtout le coup de mer: la jeune femme paraissait les redouter beaucoup moins; mais aucun passager n'osait se montrer sur le pont humide et glissant que la lame nettoyait assez brutalement de temps à autre.

Entre nous aspirants, grands amateurs de ces petits scandales qui assaisonnent la fade vie du bord, nous nous entretenions la nuit en courant la grande bordée, des yeux quêteurs de madame Blinblin (c'était le nom de l'héroïne), des risibles terreurs de son jaloux de mari, et des projets d'invasion du petit sous-lieutenant Larobleu, notre heureux compétiteur en bonnes fortunes de traversée.

—Il la regarde, disions-nous quelquefois, de manière à faire penser que M. Blinblin a rempli sa vocation.

—Moi je crois que si on faisait tous les soirs l'appel de la bordée qui n'est pas de quart, il y aurait un cadre de vide.

—Mais c'est égal: on aurait à la fin le compte de tout notre monde; il se rencontrerait peut-être un cadre où l'on trouverait deux individus présents pour un.

—Ah! oui, dans la cabane de M. Blinblin, avec son bonnet de coton, n'est-ce pas?

—Oui, c'est ça, avec son bonnet de coton. Oh! mais pour celui-là, c'est conscience. La pauvre femme, ce n'est pas de sa faute, au fait!

c'est l'influence de la physionomie du mari sur elle, qui agit sur le moral de la femme, indépendamment de sa volonté propre. C'est la vocation de M. Blinblin qu'elle remplit enfin tout bêtement. De là le principe d'attraction entre elle et le sous-lieutenant Larobleu, attraction qui doit s'exercer en raison directe des masses, et en raison inverse du carré des distances.

—Ah! ah! ah! le mot est précieux! Je t'en fiche, des distances; on t'en donnera!

Une nuit, vers une heure du matin, un petit coup de mer, ou plutôt un léger coup de balai, nous tombe sur le pont, et passe comme une liquide foudre, en secouant un peu nos pavois du vent. On n'y pensait pas le moins du monde, lorsque du fond du panneau de l'arrière, on voit apparaître, à la clarté indécise de la lune, le pâle visage du bon M. Blinblin surmonté de son fidèle et éclatant bonnet de coton?...

—Et par quel hasard vous à cette heure, monsieur Blinblin, et après un coup de mer encore?

—Vous plaisantez, monsieur l'officier de quart; c'est justement le coup de mer qui m'amène sur le pont; ma femme n'est plus dans son cadre. Ma chambre est toute mouillée;... je redoute un accident terrible.

—Un accident! et lequel?

A ces derniers mots, un des aspirants de quart s'approche en maraudeur de conversations; il examine bien attentivement la figure de M. Blinblin, et puis il vient nous dire:—C'est toujours ma même idée, il est impossible avec cette mine-là qu'il en soit autrement.

Dix minutes après, le bruit courait dans toute la frégate que madame Blinblin s'était jetée à la mer. Ses vêtements avaient été retrouvés près de son cadre vide: son époux était désespéré. Il n'y avait plus à douter de l'événement.

A quatre heures du matin, au relèvement de quart, l'officier fit part du triste événement à celui qui le remplaçait. Les aspirants ne manquèrent pas non plus de l'annoncer à leurs collègues. La désolation devint générale.

Mais l'aspirant qui venait de tirer l'horoscope définitif de M. Blinblin, à son apparition sur le gaillard d'arrière, ne donna pas dans le suicide de la jeune dame. Il avait une tout autre idée de sa force morale.

Il se rend tout droit à la porte de la chambre du sous-lieutenant Larobleu: nous le suivons en silence dans le faux pont; il frappe avec force à cette porte: —Lieutenant! lieutenant!

—Eh bien! qu'y a-t-il? que voulez-vous?

—Vous ne savez pas, lieutenant? M. Blinblin, croyant que sa femme s'est noyée cette nuit, vient de se jeter à la mer.

—Ah! mon Dieu! mon mari! non, non!

L'aspirant dénicheur, se tournant vers nous avec sang-froid:

—Eh bien! dites encore que je n'avais pas bien lu sur la physionomie du particulier?

—C'est vrai, c'est sa voix!... M. Blinblin a rempli sa vocation.

—Mais comment lui faire avaler cette pilule un peu proprement?

—Tiens, mais si nous la lui faisions avaler avec un coup de mer, lui qui en a si peur?

—C'est cela, un coup de mer. Laissez-moi, vous autres, arranger ce phénomène-là.

On va trouver l'époux inconsolable.

—Monsieur Blinblin, vous ne vous êtes pas trompé, un coup de mer avait effectivement enlevé votre femme.

—Est-ce qu'on l'aurait vue, messieurs; ah! parlez, parlez, je vous en supplie!

—Mieux que cela, nous l'avons retrouvée.

—Où donc? morte, peut-être? Parlez donc!

—Non, vivante; dans le faux pont: elle a passé par le sabord de votre chambre avec la lame, et s'est trouvée entraînée sans connaissance dans... dans....

—Dans le faux pont, peut-être, ou à fond de cale! j'en avais le pressentiment. Mais où est-elle donc maintenant, cette pauvre femme?

—Dans son cadre, sans doute.

—Mais elle avait laissé ses vêtements au pied de son cadre, même quand le coup de mer a frappé à bord.... Dans quel état l'aurez-vous retrouvée, bon Dieu!

Le vieil époux court dans sa chambre. Son épouse y était déjà rentrée. Il l'embrasse, la presse contre sa poitrine palpitante; et sur les vêtements de femme qu'elle avait laissés au pied du cadre, le mari retrouve une veste, un chapeau et un pantalon d'homme! Mais il retrouve bien sa tendre moitié dans le cadre.

Jamais M. Blinblin ne s'expliqua bien l'effet de ce coup de mer: «car, disait-il, je conçois assez passablement qu'une lame ait pu enlever madame Blinblin de notre chambre, et la jeter évanouie dans le faux pont; mais je ne comprends pas du tout comment il a pu se faire que cette lame l'ait enlevée toute déshabillée et me l'ait rendue sous des vêtements qui ne sont pas ceux de son sexe.

—Oh! bah! les coups de mer ont quelquefois produit des effets si prodigieux, monsieur Blinblin!

—Oui, mais des effets du genre de celui-là!

—Quand nous vous disions, monsieur Blinblin, qu'il n'y a pas de traversée qui n'offre des exemples aussi surprenants de la force des lames, vous ne vouliez pas nous croire. Nous croirez-vous, maintenant?

—Oui, je commence à croire quelque chose à présent.

IX.

Le Goguelin.

C'était un bien bon navire que le vieux vaisseau l'*Aquilon*, mouillé depuis longues années dans la rade de Brest, où il pourrissait fièrement avec ses mâts de perroquets à flèche, son ourse et ses filets de casse-tête! Tous les matelots pouvaient jouer au *paroli* dans les vastes batteries de *l'Aquilon*, sans qu'un maussade capitaine d'armes vînt mettre brutalement fin à ces jeux de hasard, condamnés à la fois par la morale et la discipline. Les officiers faisaient faire leur ronde de nuit par les aspirants, qui confiaient ce service de rade aux timonniers, qui en chargeaient les pilotins, et ceux-ci, se carrant sur l'arrière du canot de ronde, représentaient pendant la nuit le lieutenant de service, qui dormait profondément dans sa chambre. C'était l'âge d'or du service maritime, et *l'Aquilon* figurait assez bien le bon Saturne de cet âge de paix en temps de guerre.

Tout allait cependant admirablement à bord du vaisseau et dans la division dont il faisait partie. On se donne mille fois plus de mal aujourd'hui pour n'être pas beaucoup plus heureux. Où donc, s'il vous plaît, est le progrès?

Mais ce qui caractérisait surtout la bonhomie de la marine dans ce temps-là, c'était la superstition des équipages. Il n'y avait pas de bâtiments où les vieux matelots ne crussent fort sérieusement aux revenants de bord. Ils appelaient ces espèces de loups-garous marins, des *goguelins*, par corruption du mot *gobelin*, spectre de nuit; *kobalos*, pour ceux qui savent le grec.

L'Aquilon avait comme de raison son *goguelin* à lui. Les pilotins, les mousses et les novices faisaient leurs délices des contes que l'on se plaisait à débiter le matin sur les courses nocturnes du *farfadet* domestique attaché au vaisseau, comme ces larves qui à terre élisent domicile dans certaines masures célèbres et redoutées. L'un l'avait entendu hurler ou soupirer dans le canon des pompes dont il était l'âme. L'autre l'avait vu y grimper comme un singe vaporeux, jusqu'à la pomme du grand mât; un troisième avait été réveillé dans son hamac par la main glaciale du fantôme. Quand le *goguelin* avait touché le sac de pois que l'on mettait quotidiennement dans la chaudière où bouillait le potage de sept cents hommes, les pois ne cuisaient plus; un sort avait été jeté sur eux, et le maître-coq recevait quinze coups de bout de corde pour la maladresse qu'on lui imputait. Le génie nocturne du vaisseau avait enfin une telle influence sur toute l'existence de l'équipage, que rien de ce qui se passait à bord ne paraissait indifférent à l'empire secret qu'il exerçait quelquefois si malicieusement.

Heureux âge de crédulité! combien les temps sont changés. La marine aujourd'hui s'est civilisée à ne plus la reconnaître: elle ne croit plus à rien, pas même à la vertu musculaire du feu Saint-Elme, qui auparavant passait pour aider les matelots à serrer un perroquet.

La nuit, lorsque les hamacs, suspendus au nombre de six à sept cents sous les ponts du vaisseaux l'*Aquilon*, renfermaient ce peuple de matelots endormis par l'histoire qui venait d'expirer entre les lèvres languissantes d'un conteur de batterie, le *goguelin* se glissait, à la faible lueur du fanal de la sainte-barbe, sous les hamacs qu'il secouait, et alors on entendait les marins ou les canonniers, réveillés par le fantôme, crier d'une voix émue: *Le goguelin! le goguelin! gare au goguelin!* Le canonnier de faction à la sainte-barbe dans la batterie basse, ou à la porte de la chambre des officiers, saisissait plus fortement son sabre et se disposait à frapper le revenant, qui toujours s'échappait en poussant des cris plaintifs, dont tous les peureux se sentaient glacés. Les esprits sont insaisissables comme on le sait, et ce privilége nous explique assez la difficulté que l'on a quelquefois à saisir la pensée de ceux qui passent à Paris pour nos esprits les plus fameux.

Un vendredi, jour férié pour les spectres et les revenants, vers onze heures du soir, le *goguelin* faisait sa tournée. La circonstance était favorable; le fanal de la sainte-barbe venait de s'éteindre en exhalant une puante odeur d'huile de poisson. Le canonnier, vestale très-masculine préposée à la garde du feu sacré, cherchait à rallumer sa mèche encore incandescente, lorsqu'une main très-vivante lui applique un vigoureux soufflet. Il court après le *goguelin*, dont il a cru reconnaître le pas. Le fantôme fuit, mais pas tellement vite, qu'il puisse échapper à la poursuite animée du souffleté. Un collet de chemise reste dans les doigts de celui-ci, et le farfadet, si bien appréhendé au corps, s'échappe en lame de feu, par un sabord de la batterie de 36, en laissant dans la main du canonnier la partie du linge par laquelle il a été saisi. Le canonnier donne l'alarme, tout le monde veut se lever, mais le capitaine de frégate, réveillé par le bruit, dont on lui explique la cause, ordonne que chacun reste couché, et qu'on s'assure de la présence de chacun de ceux des hommes dont le hamac est suspendu. Cette inspection d'un nouveau genre, ne produisit aucun renseignement précis. Seulement, en tâtant les hommes restés couchés, le capitaine d'armes crut remarquer une certaine humidité dans la peau d'un canonnier mulâtre, un peu orang-outang, très-bon nageur et personnage du reste très-facétieux, connu sous le nom de *Tabago*. Le capitaine d'armes conçut quelques soupçons sur le compte de Tabago, et rien de plus.

Quelques jours se passèrent, sans qu'on entendît parler du *goguelin*, mais les revenants aiment leur métier. Celui de l'*Aquilon* recommença bientôt ses courses nocturnes: on le poursuivit comme par le passé, d'abord assez vainement, puis enfin, un soir, on le force encore à se jeter à l'eau. Pour cette fois, le capitaine d'armes, qui l'avait entendu plonger, va visiter le hamac de Tabago, où il ne trouve pas son homme. Il se porte précipitamment dans la sainte-barbe: il ordonne quelques apprêts à deux canonniers qui le suivent, et ils restent tous trois l'oreille collée aux sabords de retraite, attendant l'événement.

Cinq à six minutes s'étaient à peine écoulées, que les trois guetteurs entendent la mer clapoter un peu sur l'arrière du vaisseau, puis les chaînes du gouvernail s'agiter légèrement. On fait silence: la lumière du grand fanal, qui projette sa clarté sur la table placée sous la tamissaille, a été éteinte par précaution. La scène va se passer dans la plus parfaite obscurité: C'est ce qu'on désire.

Quelque chose, un homme peut-être, grimpe le long des ferrures du gouvernail; il gagne avec lenteur, avec souplesse, le petit escalier pendu à l'un des sabords de retraite, il fait un dernier pas, et le voilà sortant de l'eau, dans la sainte-barbe même. Mais en faisant ce dernier pas, il trébuche et tombe.... Où? Vous ne le devinez pas! dans un filet, que le capitaine d'armes a tendu en dedans pour pêcher son fantôme. L'esprit attrapé ainsi au filet, se débat, mais en vain: on serre le trou de la seine, par lequel il est entré dans le piége. Les trois pêcheurs, armés chacun d'une bonne garcette, font voltiger leurs terrestres coups sur l'épine dorsale du revenant. On allume enfin les fanaux, et tous les curieux viennent jouir du spectacle singulier du *goguelin* pêché dans un casier!

Le *goguelin* du vaisseau l'*Aquilon* n'était autre chose que le mulâtre *Tabago*. L'esprit fut mis quinze jours aux fers, et les plus lourds des goguenards de l'équipage, en passant à côté de lui pour aller allumer leur pipe à la mèche de cuisine, lui répétèrent pendant quinze jours: Ah! tu as voulu faire le *goguelin*, Tabago!...

X.

Le Noyé-Vivant.

Le quart de minuit à quatre heures commençait à bord; le temps était superbe, et la brise douce et tiède des tropiques, poussait en poupe notre navire, majestueusement chargé de ses bonnettes hautes et basses. Le timonnier venait de relever à la barre son *matelot*, qui lui avait dit en lui remettant la route: —Tu n'oublieras pas de donner des calottes au mousse, qui n'a pas écuré c'te lampe, entends-tu?

—Oui; donne-moi un bout de tabac, et veille à ma chemise, que j'ai amarrée au sec sur le bredindin.

Le maître d'équipage s'était placé devant, de manière à enfourcher le pied du bossoir de tribord, le menton appuyé sur ses deux bras croisés, comme pour guetter quelque chose à l'horizon. Après avoir bâillé trois ou quatre fois, il se retourne nonchalamment vers ses matelots, encore à moitié endormis:

—Voyons, qui est-ce qui nous conte un conte cette nuit?

—Quel conte voulez-vous, maître Bihan?

—Mais un conte qui soit vrai; car il n'y a que la vérité qui m'amuse, moi; les colles m'embêtent.

—En ce cas, je vais vous conter le *Noyé-Vivant*; c'est comme qui dirait un matelot ressuscité après avoir bu un coup de trop à la grande tasse.

—Cric! braille un auditeur.

—Crac! répondent en choeur tous les autres hommes de quart.

—Ah! mais non, répond avec gravité le narrateur. Il n'y a ni *cric* ni *crac* là dedans. C'est que cette histoire-là est du véritable, ou bien le bon Dieu n'est pas mon patron de chaloupe. D'abord, un; je vous préviens que si vous avez l'air de dire encore *cric crac*, je rengaîne mon compliment jusqu'à la garde, et empoigne le dé qui voudra!

— Allons, conte tes affaires au cook, espèce de mal bordé! et laisse-les rognonner. Que celui-là qui ne veut pas écouter fasse semblant de dormir; chacun est libre; moi, j'aime les histoires. Va de l'avant, et silence partout.

Cette invitation de maître Bihan obtient le silence que réclame le conteur, et il commence à peu près ainsi sa narration, dont je me garderai bien de reproduire, malgré mon respect pour le texte, les expressions littérales, expressions que d'ailleurs le lecteur ne comprendrait pas toutes.

«Je me suis laissé dire par un vieux matelot, cet ancien que vous savez, qui m'a cassé un bras, dans une dispute à terre, qu'un navire de Bordeaux, où il était embarqué, doublait un jour le cap de Bonne-Espérance. Vers le coup de quatre à cinq heures du soir, plus ou moins, la brise commença à souffler du bon coin, et le navire charroyait pas mal de la toile; les vents étaient de l'arrière et la mer moutonnait déjà. Voyons, dit le capitaine, monte-moi deux hommes devant et derrière, me serrer les perroquets.

»Ce qui fut dit fut fait.

»Amène, déborde, cargue et serre les perroquets, dit le second.

»Un matelot, qui avait nom Petit-Louis, se déhalle à l'emporture du grand perroquet. Les bras étaient bien tenus et la drisse passée en palan de roulis; il n'y avait pas de soin de ce côté-là; mais le marche-pied n'était pas plus solide que l'ordonnance ne le portait: ne voilà-t-il pas qu'au roulis du navire, qui en prenait tribord et babord, que ce nom-de-D... de marche-pied vient à partir! Vous savez tous, aussi bien comme moi, ce que c'est qu'un marche-pied qui part. Petit-Louis cabane et tombe à l'eau en grand. On crie de dessus le pont: *Un homme à la mer! un homme à la mer*! Le capitaine, à cette parole, fait mettre la barre à babord et masquer le grand-hunier; la bouée de sauvetage est larguée et filée. Amène les palans du canot du porte-manteau; jette les cages à poules et les quartiers de panneau, le long du bord! On cherche l'homme à la mer, mais pas plus de Petit-Louis que dessus ma main. Au bout d'un quart-d'heure, rehisse le canot, évente le grand hunier et va de l'avant.

C'est un homme de perdu, quoi! le rôle d'équipage est là; on l'apostille mort, c'est un individu de moins à l'appel, une ration de plus à bord.

»Depuis vingt-quatre heures il y avait dans les eaux du trois-mâts, un bâtiment qui torchait de la toile aussi; pendant que le trois-mâts de Bordeaux avait mis en panne pour tâcher de sauver Petit-Louis, le bâtiment en vue avait gagné le français. Mais le capitaine bordelais, qui ne voulait pas se laisser doubler, en torcha toute la nuit, et le lendemain on ne voyait plus le navire qui avait été aperçu la veille, avec un pavillon anglais.

»Quarante jours se passent, et au bout de ce temps-là le bâtiment bordelais arrive à l'Ile-de-France. Quarante-huit heures après lui, entre un trois-mâts anglais. C'était celui qui avait doublé le cap en même temps que le Bordelais.»

A cet endroit de la narration, un des auditeurs se met à brailler: *cric! crac!* et pour prouver qu'ils sont encore bien éveillés, les autres assistants répètent: *cric! crac!* Le conteur, satisfait de n'avoir pas endormi son monde, continue, mais en faisant encore observer, toutefois, qu'il s'est conformé jusque-là à la plus exacte vérité.

«—Je vous disais donc, que le trois-mâts anglais était arrivé quarante heures après le bordelais.

»Voilà qu'une nuit, que le matelot de quart à bord du français, se fermait les yeux pour se les tenir chauds, il se réveille en entendant, le long du bord, le bruit des pagaies d'un rafiau qui accostait le navire. Qui est-ce donc, qu'il se dit, qui peut venir à bord à cette heure? mon homme va à l'échelle de tribord pour voir ce que veut le particulier, qui monte du rafiau sur le pont.

»—Qui êtes-vous? demande-t-il au particulier.

»—Comment! est-ce que tu ne me reconnais pas, Jean-Marie? que lui répond celui-ci.

»—Ma foi non, attendu qu'il fait nuit comme dans la peau du diable.

»—Quoi! tu ne reconnais pas, à la voix tant seulement, Petit-Louis, le noyé en doublant le cap?

» — Ah! mon Dieu! s'écrie le matelot de quart; et d'où viens-tu donc, comme ça, nous qui t'avions cru *stourbe*?

» — Et qui est-ce qui t'a dit que je suis vivant à l'heure qu'il est?

» — Mais, puisque te voilà?

» — Me voilà, oui; mais ce n'est pas une raison. Tu ne crois donc pas aux revenants qui reviennent? Donne-moi une poignée de main, si tu n'as pas peur d'un mort....

»L'homme de quart en question veut lui donner la main, mais ça fait brosse. C'était une ombre de main, la vapeur des quatre doigts et le pouce du noyé, enfin.

» — Ce n'est pas le tout, que reprend Petit-Louis, où a-t-on mis le sac qui était à moi, de mon vivant s'entend?

» — Ton sac? il est dans la chambre du second.

»A cette parole, Petit-Louis, le revenant, descend dans la chambre du second du navire, qui dormait comme une paille de bitte; il reprend son sac, monte sur le pont, dit adieu à l'homme de quart, qui le regarde passer sans oser ouvrir la bouche, ni lever les yeux. Il descend dans son rafiau, et le voilà qui file en pagayant, comme de la fumée, sur la lame, quand la brise la chasse sous le vent.

»Le lendemain, vous m'entendez-bien, le *lofia*, qui avait fait le quart, raconte son aventure au second. Le second ne trouve plus dans sa chambre le sac de Petit-Louis. Bah! qu'il dit, c'est une carotte de longueur que tu as voulu me tirer. C'est toi qui as volé le butin du mort, et qui, à présent, veux faire un conte pour couvrir ton coup de flibuste d'un peu de rafistolage. Mais la couleur, qui est de mauvais teint, ne prendra pas sur l'étamine de mon pavillon.

»On fait un rapport contre l'homme de quart, qui est mis quinze jours en prison, comme le voleur des effets du trépassé.

»Pendant tout ce tintamarre, le navire anglais, arrivé quarante-huit heures après le bordelais, appareille, et il n'est pas plutôt hors de la passe du grand port de l'Ile-de-France, qu'il vient une pirogue à bord, porter une lettre à l'adresse du capitaine de Bordeaux.

» — Tiens, dit le capitaine en regardant l'adresse, c'est de l'écriture de ce pauvre Petit-Louis, qui a été noyé en doublant le cap. Il lit:

«Mon capitaine,

»Je mets la main à la plume pour vous écrire ces trois lignes, à seule fin de vous dire que quand je suis tombé à l'eau, en serrant le grand perroquet, j'ai eu la chose de ne pas me noyer; par le plus grand hasard, j'ai croché une cage à poule, que vous aviez eu l'attention de m'envoyer par-dessus le bord, et le navire anglais qui naviguait dans nos eaux, m'a sauvé, Dieu merci.

»Comme une fois à bord de ce navire, il m'a pris envie de déserter, je me suis mis dans la tête d'aller prendre mon sac à votre bord, en me disant revenant, pendant la nuit. J'ai fait une fameuse peur à ce gaudichon de Jean-Marie, à qui, sans vous commander, je vous prie de présenter mes amitiés, attendu qu'il a passé quinze jours en prison pour moi, que je n'oublierai jamais.

»J'ai celui d'être le vôtre, mon capitaine, avec subordination,

»Salut et respect, Petit-Louis.»

«*P.S.* Je vous dirai aussi, si c'est un effet de votre part, qu'il n'y a pas besoin de lever mon extrait mortuaire, attendu que je ne suis pas mort, et que ça coûterait de l'argent.

»*Signé*, idem.»

Maître Bihan, qui jusque-là avait écouté avec résignation le récit du conteur, ne put retenir plus long-temps cette exclamation, qui lui pesait sur les lèvres:

—En voilà-t-il une bonne! Il faut la coller au pied du mât de misaine.

Et en disant ces mots, la large main du maître, sur la paume de laquelle il a eu la précaution de passer la langue, s'appliqua en grand sur le pied du mât.

—Bien, à présent la voilà collée, et elle est solide.

—Mais quand je vous dis, maître Bihan, que c'est vrai.

—Allons, laisse-nous tranquille, avec ta vérité! Un homme de quart qui est assez gaudichon pour croire que les noyés reviennent pour demander leur sac!

—Mais quand je vous dis....

En ce moment même la brise fraîchit, le vent halle l'avant; on amène les bonnettes; on oriente au plus près. L'officier de quart ordonne de carguer et de serrer le grand-perroquet, et maître Bihan saisit cette occasion pour commander au conteur: Va-t'en là-haut serrer ce grand perroquet, et prends garde de tomber à la mer, entends-tu? parce que tu serais mal reçu de venir me demander tes effets, mon ami, quarante jours après ta mort.

XI.

Promenade sur la Dunette

Les aspirants, petits jeunes gens assez rudes et fort espiègles, avaient en général, à bord des vaisseaux, une répugnance invincible pour toutes les jolies passagères qui s'avisaient de se plaindre de la migraine. Ces messieurs prétendaient, dans leur langage figuré, que les femmes qui se donnaient les airs d'avoir des vapeurs, ressemblaient aux navires qui se pavoisent avec des pavillons qui ne font partie d'aucune série de signaux. «C'est joli, mais ça ne sert à rien.» Les migraines, comme armes de coquetterie, servent cependant souvent à quelque chose.

La femme d'un bel intendant, qui allait s'engraisser administrativement aux colonies, passait aux Antilles à bord d'un vaisseau de ligne. On avait eu soin de loger le bureaucrate dans une des chambres de la dunette, près de celle du capitaine de frégate, la seconde personne du bord, homme encore galant, qui faisait l'important, parce que ses fonctions étaient importantes.

Les aspirants de vaisseau détestaient leur capitaine de frégate, qui cherchait de son côté à humilier les jeunes gens dans lesquels il entrevoyait un avenir qui devait lui échapper.

Au nombre des vexations qu'il avait plu au capitaine de frégate d'exercer envers les aspirants, il en était une à laquelle ceux-ci se montraient fort sensibles. Le soir, quand ceux de ces petits officiers en herbe, qui n'étaient pas de quart, voulaient se promener sur la dunette, M. le capitaine leur ordonnait d'aller prendre ailleurs leurs ébats. Il voulait que l'espace lui fût seul réservé. Aussi les aspirants nommaient-ils leur chef bourru, *le roi de la dunette*, et, en effet, de dix heures du soir à minuit, il régnait seul sur cette partie du vaisseau.

On cherchait à bord à s'expliquer la raison pour laquelle le capitaine de frégate tenait si singulièrement, depuis le départ du vaisseau, à s'approprier exclusivement le privilége de se carrer sur la dunette. Cette prétention donna lieu aux questions suivantes parmi les aspirants:

Pourquoi le capitaine se promène-t-il seul jusqu'à minuit sur la dunette?

Pourquoi cesse-t-il, une fois M. l'intendant et madame l'intendante endormis, de faire de grands pas sur cette partie privilégiée du vaisseau?

Pourquoi madame l'intendante couche-t-elle seule, depuis qu'elle se dit malade, dans la chambre où elle couchait auparavant avec son mari près de la cabane du capitaine?

Pourquoi enfin le capitaine fait-il sa cour à madame l'intendante et prend-il avec elle cet air de courtoisie qui va si mal avec la face de fer qu'il nous montre dans le service?

Ces questions, ainsi posées, donnèrent lieu à une gaie délibération à la suite de laquelle on résolut de tirer toute cette affaire à clair. On chargea les deux plus mauvais petits sujets d'entre les aspirants, de procéder aux moyens qui pourraient faire découvrir le plus promptement possible, ce que chacun se croyait intéressé à apprendre par désir de vengeance. Toute liberté fut accordée aux investigateurs.

Les deux commissaires chargés de l'enquête procédèrent pendant le jour avec calme et impartialité. L'un d'eux crut remarquer, en rôdant autour de la dunette, qu'il était assez facile de se glisser la nuit dans la chambre de madame l'intendante, par la petite fenêtre extérieure de l'appartement où elle se couchait chaque soir toute seule, toujours souffrante, toujours accablée de sa migraine....

Une gouttière en plomb se trouvait placée tout près de cette bienheureuse fenêtre, et il fallait, pour s'introduire dans la chambre, mettre les pieds et les mains dans la gouttière et se blottir comme un chat.... Mais le capitaine de frégate avait les articulations trèssouples. Les aspirants l'avaient remarqué plus d'une fois, lorsqu'ils l'avaient vu faire le matin ses trois ou quatre flexibles saluts au commandant, en lui demandant comment il avait passé la nuit.

La gouttière et la fenêtre de la chambre de l'intendante fixèrent donc particulièrement l'impartiale et grave attention des commissaires de l'enquête. Ils arrêtèrent leur plan, et ils songèrent, sans en révéler tout-à-fait le but, à s'assurer les moyens de l'exécuter.

On mit à contribution, parmi les aspirants seulement, toutes les bouteilles d'encre dont on pouvait disposer pour le bien et le succès de *la chose*.

A neuf heures du soir, les deux exécuteurs de la vengeance des jeunes espiègles, se transportent sur la dunette, munis de cinq à six topettes d'encre de la petite-vertu. Ils bouchent la gouttière et répandent à flots le noir liquide dont ils se sont pourvus.

Cette fois-là le capitaine de frégate, en se promenant à l'heure accoutumée sur la dunette, n'eut pas besoin d'employer son autorité pour forcer les aspirants à le laisser seul; il put, avant dix heures du soir, jouir exclusivement et tout à son aise du domaine sur lequel il se livrait à ses promenades méditatives.

Mais pour être resté seul sur sa dunette chérie, tous ses pas n'en furent pas moins surveillés avec la plus scrupuleuse exactitude. Nichés dès neuf heures du soir dans les grands porte-haubans, une demi-douzaine d'aspirants guettaient, en retenant leur haleine, les moindres mouvements de leur capitaine de frégate. Il tombait ce jour-là une petite pluie fine qui traversait tous les vêtements de gens de quart; mais malgré l'incommodité de leur position et le désagrément de se sentir mouillés jusqu'aux os, nos guetteurs nichés dans leurs porte-haubans ne perdirent pas un seul des pas de leur capitaine.

Enfin, vers onze heures du soir, on n'entend plus rien, et l'on voit l'amoureux capitaine, se croyant favorisé par l'ombre de cette nuit qu'il appelait sans doute de tous ses voeux, enjamber le bastingage, se coucher, barbotter un peu dans la gouttière et disparaître aux yeux fixes et perçants de nos aspirants de marine.

— La farce est jouée, s'écria l'un d'eux, le renard est pris au piége; nous pouvons aller nous coucher. Cette nuit produira son fruit.

Allons nous coucher en attendant le joyeux dénouement de notre petite comédie, répétèrent tous les joyeux jeunes gens, et ils regagnèrent leurs cadres en cachant une partie de leur joie et en comptant beaucoup sur le lendemain.

Le lendemain, comme ils l'avaient prévu, leur apporta la vengeance qu'ils s'étaient promise. A cinq heures du matin, on fit laver le pont, et les timonniers en jetant de l'eau sur la dunette firent remarquer au lieutenant de quart, qui n'y fit aucune attention, les traces d'encre dont la gouttière en plomb portait encore les traces accusatrices.

A neuf heures du matin le commandant sortit de sa chambre pour jouir du beau temps, et M. le capitaine de frégate ne manqua pas d'aller lui faire ses trois saluts d'usage. Oui, fais bien le beau, se dirent entre les dents les aspirants, tu as dû arranger proprement la couverture de ce pauvre intendant et de madame son épouse.

L'intendant arriva bientôt aussi, mais l'air tout affairé et suivi d'un domestique qui portait, en faisant des embarras, une couverture et une paire de draps tout tachés d'encre.

—Mais qu'allez-vous donc faire avec toute cette friperie-là, monsieur l'intendant? demanda le commandant au bureaucrate.

—Commandant, je vais faire mettre ce bagage-là à l'air sur la dunette, avec la permission de M. l'officier de quart. C'est toute une histoire que ces taches d'encre que vous voyez sur la couverture et les draps de ma femme.

Imaginez-vous, commandant, que ce matin en me réveillant j'aperçois toute l'encre de mon bureau répandue sur mes papiers que j'avais eu l'imprudence de ne pas remettre dans le tiroir. Madame l'intendante était bien venue fureter de bonne heure dans ma chambre, mais elle n'avait pas remarqué ce désordre. C'est ce matin seulement qu'en entrant dans l'appartement de madame, j'ai trouvé le mot de l'énigme écrit en griffes de chat sur la couverture du lit.

—Quoi! c'est un chat qui, après s'être barbouillé les pattes dans votre encrier, a été s'introduire chez madame?

—En douteriez-vous, commandant, à ces marques du bout des pattes encore empreintes sur les draps? Oh! c'est bien là le cachet d'un de ces messieurs-là! Il n'y a pas à s'y méprendre.

Un aspirant crut devoir faire remarquer que l'empreinte était un peu large pour des pattes de chat. Le capitaine de frégate lui lança un regard foudroyant, et le commentateur fut forcé de se taire, mais il n'en pensa pas moins.

La couverture et les draps furent étalés au soleil, et bientôt chacun passa près des objets de cette nouvelle exposition, en faisant la critique que la forme et le caractère des traces d'encre lui inspiraient. Il fallut bien que le capitaine de frégate supportât jusqu'au soir toute cette bordée de quolibets.

Le capitaine de frégate envoya ce jour-là, sous trois ou quatre prétextes différents, trois ou quatre aspirants à la fosse aux lions. Il ne se lassait pas d'enrager, et ses victimes ne se fatiguaient pas de rire beaucoup. Mais le secret que les aspirants avaient gardé pendant quelques heures ne pouvait long-temps se renfermer dans leur poste d'entrepont. De l'entrepont l'aventure courut au poste des chirurgiens, qui la firent parvenir à la chambre des officiers; de la chambre des officiers, elle passa sur le gaillard d'arrière; du gaillard d'arrière elle vola au gaillard d'avant, et une fois là elle courut partout. Les matelots, gens à qui l'épithète caractéristique arrive toute mâchée, ne furent pas long-temps à baptiser leur capitaine de frégate, d'un de ces noms de bord qui ne s'en vont jamais. Il l'appelèrent *Patte-de-Chat*, et *Patte-de-Chat* ne put jamais pardonner aux aspirants, pour qui sa haine augmenta d'année en année, le tour qu'on lui avait joué. Cet officier mourut aux Antilles, dans la grâce de Dieu et la haine finale des aspirants de marine.

XII.

Le Phénomène Vivant.

—Dis donc, *Cheveux-d'Etoupes*, viens-t'en ici me dire, bigre de mousse, pourquoi tu n'as pas donné un coup de gratte aux postes des chirurgiens?

—Ah, mais je ne veux pas, maître Jugan, que l'on m'appelle *Cheveux-d'Etoupes*!

—Pourquoi t'avises-tu d'avoir une perruque blanche comme la drosse du gouvernail? Est-ce ma faute, à moi, si tu as un toupet de chanvre en franc-filain?

—Mais, est-ce ma faute, à moi, donc, si mes cheveux sont blancs et si j'ai les yeux bordés de rouge? je voudrais bien vous voir à ma place, allez, maître Jugan!

—Est-ce que par hasard un maître d'équipage peut être à la place d'un failli chien de mousse comme toi? Mais blanc ou noir, rouge ou jaune, la première fois que le poste de tes maîtres ne sera pas gratté comme la table où ils mangent leur soupe, tu auras affaire à moi, entends-tu, et tu sais bien ce que c'est que d'avoir un compte à régler avec maître Jugan?

—Eh bien, la première fois aussi qu'on m'appellera encore *Cheveux-d'Etoupes*, je prendrai mon congé sous la semelle de mes souliers, et je déserterai d'à bord de la gabare la *Caravane*.

—Belle fichue désertion que tu feras là! *la gabare* sera bien gênée de faire de la route quand tu ne seras plus à bord! en attendant, prends-moi une gratte, de ta main blanche et dodue, comme dit la chanson, et fais-moi l'honneur d'aller en bas me jouer un air de violon sur la romance de *Femme sensible*, avec ou sans variations.

On continua d'appeler le pauvre mousse *Cheveux-d'Etoupes*, et l'aide-de-camp des chirurgiens, ne pouvant supporter, malgré sa résignation philosophique, le sobriquet dont on le poursuivait, débarqua clandestinement à la Rochelle; et un mois se passa sans qu'on entendît parler du déserteur. Son signalement bien distinct avait été donné à la gendarmerie, qui n'avait pu mettre la main sur le délinquant. Sa famille ne l'avait pas recélé, et enfin *Cheveux-d'Etoupes* paraissait être devenu insaisissable. Les chirurgiens, ses anciens maîtres, l'avaient déjà remplacé à bord, après avoir fait le deuil de leur domestique qui, malgré son tempérament lymphatique, ne laissait pas que d'être ce qu'on appelle un bon petit mousse.

Un jour, l'un de ces chirurgiens se promenait à la Rochelle avec un aspirant de la gabare. Ils avaient dîné à l'hôtel des Ambassadeurs, où alors on écorchait passablement les convives de passage. Ils avaient même pris leur demi-tasse de Martinique au joli café *Belle-Vue*, sur le port, et, ne sachant comment passer le reste de la soirée, ils se laissaient aller nonchalamment dans les rues de la Patrie, du Maire, Guiton et de la Rive.

Une voix haute et volubile les frappe; c'est celle d'un charlatan qui, monté sur les quatre planches qui formaient son théâtre, s'écriait, après avoir fait la parade de rigueur:

«Entrez, entrez, messieurs! prenez vos places: on va commencer l'explication du fameux albinos vivant!

«Ce phénomène extraordinaire, arrivant de l'intérieur de l'Afrique, est âgé de douze ans; il a les cheveux blancs, les yeux ronds et bordés de rouge. Il ne parle que la langue de son pays; son caractère est très-doux, sa peau est lisse et fine. Il ne faudrait pas avoir cinq sous dans sa poche, ni dans celle de son voisin, pour se refuser un phénomène semblable. Entrez, entrez, messieurs, prenez vos places! ce superbe spectacle va commencer.»

Le chirurgien, grand amateur par état de toutes les curiosités naturelles, propose à l'aspirant, son camarade, d'entrer dans le magasin où se montrait le phénomène vivant. Les deux compagnons prennent place avec les autres amateurs.

Au bout de quelques minutes d'attente, dans un local étroit, qu'éclairait faiblement une mauvaise lampe, décorée du nom de lustre, une toile d'emballage se lève par un coin, et sous la frange de la guenille, s'avance gravement un enfant aux cheveux de lin, aux yeux tendres et paresseux. La lueur fort peu brillante du quinquet semble blesser sa vue oblique et timide. Il ose à peine effleurer de son regard indécis le petit nombre de spectateurs qui le contemplent avec une certaine curiosité; mais ses yeux, toutefois, en rencontrant ceux du chirurgien et de l'aspirant, paraissent chercher à se reposer du côté opposé à celui où se trouvent placés les deux observateurs.

«Vous le voyez, messieurs, continue le cornac de l'*albinos*, cet intéressant Africain jouit d'une vue si faible, que l'éclat de l'uniforme de ces deux officiers lui fait mal aux yeux. Il a été trouvé dans une peuplade d'*albinos* dont son père était le chef. Il n'y voit bien que la nuit, tout comme les chats sans comparaison; il mange peu, il dort beaucoup, mais le jour seulement. Ses cheveux sont doux comme de la soie: ils ont, ainsi que peut s'en assurer l'aimable compagnie, la couleur de l'étoupe (à ce mot, l'albinos fait un mouvement très-prononcé); ce phénomène vivant parle la langue de son pays, et il peut à peine articuler les mots dont nous nous servons en France....

«Approchez, monsieur le docteur; vous pouvez toucher sa peau...»

—Bolo! bolo! s'écrie l'albinos en s'éloignant du docteur, qui déjà a appliqué sur la joue du phénomène, un doigt qu'il en a retiré tout couvert d'une substance blanche.

—Ce mot *bolo! bolo*, veut dire, messieurs, que ça lui fait mal, ayant la peau molle comme de la pâte.

—Mais, Dieu me pardonne, s'écrie le chirurgien après avoir bien examiné la figure blanchie du phénomène, je crois que c'est *Cheveux d'Etoupes*!

L'albinos, à ces mots, se sauve derrière sa serpillière. Le chirurgien le poursuit: l'aspirant court après le chirurgien, et tous deux de crier, en ramenant le phénomène sur son estrade: oui, oui, c'est ce b... de mousse qui a déserté.

—Qu'est-ce à dire, messieurs, reprend le charlatan, finissons de grâce cette plaisanterie. Je puis produire des certificats comme *quoi que mon* phénomène est véritable.

Les spectateurs se lèvent: leurs murmures annoncent qu'ils doutent de la réalité du phénomène. Le charlatan, tout essoufflé, interpelle avec force le chirurgien, qui déjà s'était emparé d'une des oreilles de l'albinos.

—Ah! coquin, tu dis que tu es un albinos; bientôt les gendarmes te feront voir ce que l'on gagne à déserter, et à se faire passer pour une curiosité.

Le *charlatan*.—Vous voyez bien, monsieur le docteur, que vous ne savez ce que vous dites, je m'en rapporte à ces messieurs et dames. Voyez si cet enfant comprend un mot de tout ce que vous lui chantez: je soutiens que c'est un albinos; d'ailleurs j'ai mes certificats.

Le chirurgien.—Je soutiens, et je vous prouverai que c'est mon mousse.—Dis, coquin, pourquoi as-tu déserté du bord, ou si tu continues à faire l'imbécile, je te donnerai une volée que le coeur t'en fera mal.

L'Albinos.—Eh bien, monsieur Ollivry, je suis déserté parce qu'on m'appelait toujours *Cheveux-d'Etoupes* à bord, quoi!

Cet aveu naïf échappé au malheureux mousse dans l'instant le plus vif de l'altercation, porta la consternation sur la figure palpitante du charlatan. Les spectateurs s'écrièrent tous qu'on avait trompé leur bonne foi, et qu'il fallait leur rendre leur argent à la porte. Chacun adresse les reproches les plus énergiques au mystificateur mystifié à son tour. La garde du poste voisin accourt au bruit. Un commissaire de police s'informe du motif qui a pu provoquer le scandale qu'il veut faire cesser. On saisit l'albinos vivant, qui, abdiquant très-piteusement son rôle, essuie la farine dont on lui a saupoudré le visage. Le soir même, il se trouve reconduit à bord de la gabare *la Caravane*. Je vous laisse à penser la manière dont il fut accueilli par l'équipage et par le lieutenant en pied chargé du détail! Quinze coups de martinet par jour pendant une semaine....

Mais le pauvre petit diable y gagna au moins de changer de sobriquet. Au lieu de l'appeler comme auparavant *Cheveux-d'Etoupes*, on ne le désigna plus que sous le nom de *Phénomène-Vivant*. Ainsi, quand il prenait envie à ses maîtres de lui adresser la parole, ils ne lui disaient plus: *Cheveux-d'Etoupes*, avance à l'ordre; ils se contentaient de lui crier: *Phénomène*, avance à l'ordre, ou sinon.... La belle avance, je vous le demande!

Miseria miseris!

SIXIÈME PARTIE.

Moeurs des Nègres.

I.

Le Bamboula.

De gros nuages chargés d'électricité, poussés par un vent suffoquant du Sud-Est, se déroulaient du sommet du Morne-d'Orange, pour envelopper la ville de Saint-Pierre. Les navires mouillés en ligne courbe sur la rade foraine de ce port, frémissaient sur leurs amarres raidies par la brise, et la lame creuse et gonflée venait battre sourdement le rivage sur lequel toutes les pirogues des noirs avaient été halées à sec. Il faisait nuit: c'était un dimanche; et au loin, sous des arbres ombreux, j'entendais bruire des tambourins, s'élever un murmure prolongé de voix cadencées, et je voyais scintiller des torches brillantes et mobiles comme ces feux errants que l'on rencontre dans les nuits d'orage au fond du fourré de nos campagnes.

Je demandai quel était ce bruit, et ce que pouvaient signifier ces feux allumés sous ces grands arbres, à l'extrémité de la ville. Un nègre me répondit, avec une expression d'étonnement et de joie qu'on ne pourrait pas facilement exprimer: «*Maître, ça Bamboula.*».

Je voulus voir ce que c'était que *le Bamboula*.

Sous le feuillage d'immenses sabliers et de larges manguiers, j'aperçus, en m'approchant d'une vaste cour, une foule de nègres, s'agitant à la lueur des flambeaux fumeux d'où s'exhalait une odeur étouffante d'huile de palma-christi. Le reflet des torches, projeté sur la figure suante de tous ces noirs, la mobilité de tous ces visages sinistres, leurs yeux brillants comme des lucioles, leurs contorsions en gambadant, leurs chants, tantôt bruyants, tantôt étouffés, mais que je me rappelle encore comme si c'était hier, donnaient à cette scène un aspect que je ne pourrais pas trop décrire. Tout ce monde-là dansait avec délire, avec fureur. Je crus que c'était un festin de Cannibales.

De grands noirs, presque nus, placés à l'un des angles de la cour, étaient assis sur de gros tambours en cuivre qu'ils battaient du bout des doigts avec une force convulsive. C'était l'orchestre de ce bal diabolique. J'examinai, en frissonnant, les traits de ces hideux exécutants. La peau de leur figure, ruisselante de sueur, se contractait si horriblement qu'il aurait été difficile de trouver encore quelque chose d'humain dans leur physionomie bouleversée. A chaque temps de la mesure infernale qu'ils battaient sur la peau de leurs caisses d'airain, leur visage changeait d'expression, leur bouche se tordait, leurs yeux s'enflammaient, et puis ensuite, succombant sous l'effort, ces épouvantables instrumentistes s'abandonnaient à des spasmes horribles que la foule paraissait admirer comme des mouvements de divine extase. C'était apparemment le moment d'une céleste vision. On ne les retirait de ce long évanouissement, qu'en leur donnant à avaler des verres à bière, remplis d'un limpide tafia qu'ils buvaient comme de l'eau; de belles négresses chantaient des strophes improvisées que les danseuses répétaient en choeur. Chacune des coryphées agitait dans sa main une espèce de hochet avec lequel elle suivait la mesure marquée par les cymbales. D'un côté, sautaient les nègres *Ibo*, dont la danse était nonchalante comme la physionomie des noirs de cette caste. Plus loin, les *Cap-Laost* s'avançaient en cadence avec une attitude vive et fière, comme pour soutenir le choc de l'ennemi; près d'eux, les *Loango* multipliaient leurs postures lascives et molles, et au bruit des mêmes instruments chaque caste d'esclaves reproduisait la danse de son pays. Le *Bamboula* réunissait enfin tous les divers caractères de danse des peuplades de l'Afrique. C'était presque un cours d'histoire de la côte de Guinée que je faisais en examinant cette réunion si diverse de naturels rassemblés par le plaisir que les nègres aiment le plus passionnément.

Un créole que je rencontrai, me disait flegmatiquement en faisant le tour du *Bamboula*: «Ici, ce sont les nègres empoisonneurs; là, vous voyez les noirs les plus voleurs et les plus paresseux de la côte. Dans ce coin-là, dansent les nègres créoles.» Aucun de ces derniers n'était tatoué.

—Mais, demandai-je à mon compagnon, quels sont ces grands noirs qui battent si passionnément ces cymbales?

—Des princes africains, pour la plupart. Ces hommes-là sont presque tous d'une force prodigieuse. Tout haletants, comme ils sont, ils ne quittent peut-être *le Bamboula* que pour aller empoisonner leurs camarades, leurs parents, leurs maîtres, qui sait! Vous ne sauriez croire combien cet exercice excitant de la danse prédispose nos nègres à accomplir les desseins les plus pervers. Les convulsions qu'ils éprouvent ici, et l'irritation de leurs organes si puissamment agités par ces chants et ce mouvement, ne sont trop souvent que les avant-coureurs des accidents que nous n'avons que trop d'occasions de déplorer dans l'île.

Cette explication suffit pour me faire trouver *le Bamboula* encore plus infernal que je ne l'avais vu.

Mais neuf heures sonnèrent à la paroisse du mouillage; les sons lamentables de la cloche se répandirent dans l'air, qui, dans ce pays, semble retentir d'une manière plus lugubre encore qu'en Europe, des percussions qui l'ébranlent. Une grosse pluie tiède et sulfureuse commençait à tomber à la lueur pâlissante des éclairs. *Le Bamboula* allait finir: c'était dommage, car il était dans toute sa fleur et son éclat sauvage. Les danseurs semblaient redoubler de rage, comme pour mettre les derniers instants à profit. Les cymbaliers se pâmaient en rugissant sur leurs tambours, qu'ils ne frappaient plus que par intervalles, et lorsqu'ils paraissaient sortir de leurs névralgiques accès de léthargie. Comment finira tout cela? pensais-je: qui viendra mettre un terme à cette scène d'exaltation et de sinistres jouissances? Des archers de ville, que je n'avais pas encore aperçus, s'élançent, un nerf de boeuf à la main; ils se précipitent sur tous les noirs qu'ils rencontrent. Les nègres qui échappent à leurs coups redoublés, se jettent dans un coin pour danser encore aux sons des cymbales, que les sergents de la police arrachent aux cymbaliers frémissants de rage. Les torches s'éteignent ou disparaissent dans les mains qui les agitent ou les saisissent. On crie, on frappe, on fuit, on poursuit partout, et bientôt la foule, pourchassée dans tous les recoins, s'écoule mugissante sous le fouet, partout où elle trouve une issue.

A neuf heures et quart, la cour était vide, l'obscurité la plus complète avait succédé au tumulte le plus grand que j'eusse encore vu. Un lugubre silence régnait seul sous ces grands arbres que de larges gouttes de pluie venaient mouiller et laver de la poussière dont leurs feuilles avaient été couvertes pendant la fête. De temps à autre seulement, la foudre, qui grondait sur Saint-Pierre, venait encore éclairer le lieu où quelques minutes auparavant j'avais vu cette pompe diabolique, entendu ce tintamare infernal!...

Le lendemain, en me rappelant cette scène effrayante du soir, il me sembla avoir eu le cauchemar dans la nuit, et un poids énorme me paraissait encore comprimer ma poitrine.

Si jamais vous allez aux Antilles, n'oubliez pas d'aller voir *le Bamboula*: l'Opéra, avec toutes ses pompes factices, est bien loin de valoir un tel spectacle.

II.

Dame Périne

Vers le milieu de novembre 1827, on a exécuté, à Saint-Pierre de la Martinique, une vieille négresse qui, pendant une vie de soixante-dix à soixante-douze ans, a empoisonné, de compte fait, cinquante-cinq à soixante personnes. Cette femme, s'il est permis de donner ce nom, à tout ce que la nature a produit de plus dégoûtant et de plus atroce, éloignait les soupçons que ses crimes répétés avaient accumulés sur elle, par ces marques de dévotion qui en imposent si facilement à l'âme pieuse des colons. La maîtresse à qui elle appartenait, lui avait donné une case, à laquelle était joint un jardin, où dame Périne cultivait des plantes vénéneuses, avec autant de soin que quelques femmes, dans nos climats, arrosent leurs rosiers et leurs oeillets. Ce fut lorsqu'il n'y eut plus à reculer contre l'évidence de ses forfaits et la masse des preuves, que le ministère public fut nanti d'une accusation contre cette misérable. Interrogée, d'après l'acte décerné contre elle, elle ne chercha pas à se défendre, et lorsqu'on lui demanda quel motif l'avait engagée à détruire les enfants de son maître et les siens même, elle répondit avec beaucoup de tranquillité qu'elle l'ignorait, mais qu'elle croyait être née pour empoisonner, comme d'autres sont destinés par le sort, à vendre du café ou du sucre. Le président qui la questionnait, la pressait d'avouer ses complices. — Mes complices, répond-elle, sont tous les nègres et les mulâtres de la colonie. — Mais pourquoi affichiez-vous, continue le magistrat, des marques si vives de piété, quand vous vous livriez au plus grand des crimes que défend la religion. — Eh! ne nous faut-il pas un masque à nous autres nègres, comme à vous autres blancs! — Mais vous empoisonniez aussi les nègres? — J'ai été jusqu'ici l'empoisonneuse des chiens et des mulets, plutôt que de n'empoisonner rien. Malheur à ceux qui venaient me demander des légumes de mon jardin; je trouvais moyen de leur faire avaler quelque chose de mortel. — Vous aviez donc des préparations ou des simples bien subtils? — En manque-t-il dans le pays, et comptez-vous que ce soit pour rien que Dieu fasse pousser cela? En effet, c'est par là que la confrérie des nègres empoisonneurs, qui désolent la Martinique, professait pour dame Périne, le respect que ses rares talents devaient lui mériter, aux yeux des plus adroits chimistes (c'est la dénomination ironique que l'on donne à ces monstres). Elle jetait ce qu'elle appelait des sorts, sur les individus qui lui déplaisaient, et ces sorts n'étaient autre chose que des breuvages ou des émanations morbifiques, qui conduisaient, à divers intervalles, ses victimes à la mort. D'après ses aveux, une fleur, sur laquelle elle jetait de la poudre, suffisait pour empoisonner. On ne se figure pas en Europe la supériorité que les nègres, et surtout ceux de la côte d'Afrique, acquièrent dans la préparation des substances végétales. La défiance des médecins qui ont parcouru, de leurs cabinets, toutes les parties de la terre, dans les relations de quelques voyageurs frivoles, peut nier ce fait; mais elle ne convaincra jamais d'erreur les yeux des gens éclairés, qui en ont vu, sur les lieux, les effets les plus palpables, ou les plus funestes. La circulation du sang est un phénomène aussi étonnant que la propriété vénéneuse de certains végétaux; on fit servir, jusque sous le règne de Louis XV, les subtilités mêmes de la science, à combattre l'attraction qu'exerce l'aspiration de certains reptiles, sur d'autres animaux.

Dame Périne, pour en revenir à elle, a entendu son arrêt avec une indifférence parfaite. Le matin du jour où on devait l'exécuter, elle demanda du vin blanc; elle déjeuna avec un appétit que l'on pourrait appeler philosophique, si l'on ne craignait de profaner cette qualification. Arrivée sur le lieu du supplice, au milieu d'un piquet de grenadiers, et suivie d'une foule de nègres et de gens de couleur, elle y parut vêtue des habits blancs qu'elle mettait pour communier. Cette figure noire et sillonnée de rides, qui acquérait un nouveau degré d'horreur sous la peau de cette vieille négresse, n'exprimait aucune émotion. Ce monstre, après s'être entretenu avec l'ecclésiastique qui accompagnait ses derniers moments, est monté à la potence, son mouchoir de tête est tombé dans l'effort qu'il faisait pour gravir l'échelle patibulaire. Les nègres en ont tiré le fatal pronostic que son âme irait en enfer. Un mouchoir tombé leur a paru un signe plus certain de la réprobation éternelle, que cinquante-cinq à soixante personnes empoisonnées. Dame Périne a terminé enfin son exécrable vie, en jetant, sous la corde, un cri à peine entendu. Les gendarmes ont dispersé la populace, qui voulait se partager ses vêtements comme des reliques du martyre.

SEPTIÈME PARTIE.

Ornithologie Maritime.

I.

Le Plongeon.

Le plongeon est un oiseau de mer, qui nage à la surface de l'eau et qui disparaît dans les flots à l'instant même où part l'amorce du fusil qui le vise. Un moment après il relève sa tête et semble braver un autre coup et défier l'inconstance de l'onde sur laquelle ou dans laquelle il se joue. Un observateur disait que c'était moins un oiseau aquatique qu'un oiseau politique.

Le plongeon vole difficilement, et ne parcourt qu'un fort petit espace, mais il nage au mieux entre deux eaux. Dans les mauvais temps, il disparaît sous les ondes, et ne montre sa tête que lorsque l'orage est dissipé, et qu'il y a quelque chose à avaler à la surface plane.

Cet oiseau, dont les plumes sont enduites de la substance huileuse particulière aux bipèdes de son espèce, change, dit-on, annuellement de couleur. Celui qu'on a vu blanc une année, paraît noir l'année suivante. Mais il ne peut changer que d'une de ces couleurs à l'autre. C'est peut-être un malheur attaché à sa condition; mais tous les êtres ne peuvent pas prétendre à la commode mobilité des nuances du caméléon ou de la dorade.

C'est sur les hauts fonds qu'on remarque le plus de plongeons, parce que là ils atteignent facilement le fond, si la mer est grosse, et sa surface tranquille si elle est calme. Il y a toujours pour eux un beau côté dans leur position.

On a remarqué encore qu'ils nagent ordinairement le nez dans le vent: preuve incontestable qu'ils savent d'où le vent tourne. Est-ce calcul? est-ce prévision instinctive? Ce n'est pas sur les girouettes qu'ils ne voient pas qu'ils peuvent se diriger! Il est à croire que les plongeons sont connaisseurs en vent.

Selon toute probabilité, cet oiseau doit atteindre une extrême longévité: peu accessible, par l'épaisseur de sa peau, et sa fourrure graisseuse, à toutes les impressions extérieures, doué de la faculté d'échapper avec une vitesse comparable à la rapidité de l'éclair, à la balle qu'on lui destine, quelle cause accidentelle pourrait couper le fil de ses destinées? Les poissons? il les évite en volant; les oiseaux de proie? il les brave en plongeant; il n'y a que les indigestions à craindre pour lui; mais il digère avec chaleur s'il avale avec gloutonnerie; peu estimé, il ne craint pas les piéges dont l'industrie du chasseur entoure nos gibiers marins les plus recherchés. Enfin dans la condition animale du plongeon, je cherche en vain un côté malheureux, le ciel semble avoir fait pour eux, ce qu'il refuse hélas! à bien des animaux de mérite, à deux pieds et sans plumes.

FIN.

NOTES:

[1] Penneau, plumasseau abandonné au vent pour faire connaître de quel côté vient la brise qui le soulève.

[2] On a imité, autant qu'il était possible dans ce petit dialogue, la forme du langage des paysans bas-bretons de cette partie de la côte du Finistère.

[3] Nom d'une liqueur très-connue dans le pays.

[4] Paquet de petits biscaïens qui forment la mitraille que s'envoient les navires qui combattent de près.

[5] La moëde est une pièce d'or qui dans les Colonies vaut de 38 à 40 fr. C'est par allusion à la grande quantité d'or qu'avait gagné Antoine dans ses courses, qu'on le nomma Moëde.